L'ARRIÈRE-SAISON

DU MÊME AUTEUR

chez le même éditeur

En l'absence des hommes, roman, 2001
(Prix Emmanuel-Roblès, 2001)

Son frère, roman, 2001

PHILIPPE BESSON

L'ARRIÈRE-SAISON

roman

Julliard
24, avenue Marceau
75008 Paris

ISBN : 2-260-01610-3

Pour Patrice Chéreau,
à qui je dois l'incarnation de mes mots.

« Et puis, il n'avait plus su quoi lui dire. Et puis il le lui avait dit. Il lui avait dit que c'était comme avant, qu'il l'aimait encore, qu'il ne pourrait jamais cesser de l'aimer, qu'il l'aimerait jusqu'à sa mort. »

Marguerite DURAS, *L'Amant*.

1.

Donc, au début, elle sourit.

C'est un sourire discret, presque imperceptible, de ceux qui se forment sur le visage parfois, sans qu'on le décide, qui surgissent sans qu'on les commande, qui ne semblent reliés à rien en particulier, qu'on ne saurait pas forcément expliquer.

Voilà : c'est un sourire de presque rien, qui pourrait être le signal du bonheur.

Ce contentement qui lui échappe, c'est peut-être juste parce qu'elle porte la robe rouge, à manches courtes, qu'elle affectionne, qui lui affine la taille, qui lui donne la silhouette qu'arboraient les femmes américaines des réclames, dans les années cinquante. Elle se sent bien dans cette robe, encore belle, encore désirable. Elle a le sentiment d'être légère, et qu'un homme, de préférence Norman, pourrait la prendre par les hanches et la soulever sans effort dans les airs. Elle aime se sentir légère : cela lui rappelle sa jeunesse. Non qu'elle soit vieille, trente-cinq ans dans quelques mois, mais on ne parle déjà plus d'elle comme d'une « jeune femme » et on s'adresse à elle d'un « madame » plutôt que d'un « mademoiselle ». Elle n'en est pas chagrinée, non, elle admet que les années passent, que son corps s'est un peu alourdi dans ces endroits qu'on peut toutefois dissimuler grâce à des vêtements habilement choisis, et qu'elle seule connaît aussi bien. Elle voudrait juste retenir un peu, tant qu'elle s'en sent capable, ce temps qui file et demeurer une femme qui accroche quelques instants les regards.

Oui, le sourire, c'est peut-être simplement pour ça : être désirable, encore.

Pourtant, Ben ne l'a pas regardée lorsqu'elle est entrée. Ben ne la regarde plus depuis des années. Depuis quand au juste ? Il s'est habitué à elle au point de ne plus avoir à la regarder, estime-t-il. Il la connaît si bien : que verrait-il qu'il n'ait déjà vu ? Et puis, entre elle et lui, ce n'est pas une affaire de séduction, ça ne l'a jamais été du reste, c'est une affaire de connivence. Aucun d'eux ne prétendrait qu'ils sont amis mais ce sont au moins des connaissances, ils s'aiment bien, ils savent un peu de la vie de l'autre, ils ont des réflexes et des souvenirs en commun. Ainsi, ils n'oublient jamais de raconter que Louise est entrée pour la première fois chez Phillies le jour exact où Ben y entamait sa carrière de serveur, il y a neuf ans de ça maintenant. Et c'est ainsi, il est toujours là, derrière son comptoir, qu'il astique mécaniquement d'un chiffon humide ; elle, elle vient toujours, avec la même régularité, dans ce café, qui est devenu son repaire autant que son repère. C'est vrai, Ben n'a pas regardé Louise lorsqu'elle est entrée chez Phillies mais qu'aurait-il vu qu'il n'ait déjà vu ?

Même sa robe rouge, il la connaît par cœur. Non qu'il la remarque souvent sur elle mais elle l'a achetée il y a longtemps déjà et elle la porte dans les occasions importantes ou quand elle a envie de plaire. C'est ça qu'il s'est dit, en vérité, lorsqu'elle est entrée : Louise a envie de plaire ou bien il y a un événement à fêter. Norman doit être pour quelque chose dans le choix de cette tenue.

Il apprécie Norman, même s'il n'en ferait pas, loin de là, son meilleur ami : trop guindé, peut-être, et puis un je-ne-sais-quoi qui l'a toujours dérangé, comme une insincérité, ou un égoïsme, il ne pourrait pas être plus explicite. Ça n'a pas beaucoup d'importance, d'ailleurs, ce qu'il pense de Norman. Louise est une grande fille, elle sait ce qu'elle a à faire et ça ne changera pas sa vie, à Ben, s'ils se décident enfin à vivre ensemble, elle et ce type.

Des mois tout de même qu'elle a commencé, leur aventure. Louise est rarement aussi persévérante, aussi constante. En général, ses amours durent beaucoup moins longtemps, sans qu'on sache jamais si c'est elle qui quitte ou qui est quittée. Cela doit être plus important que d'habitude, vraisemblablement. C'est plus compliqué aussi : drôle d'idée d'aller dégoter un homme marié quand il y a tellement de célibataires. Après tout, c'est elle que ça regarde.

C est exactement ce qu'elle pense. Elle est joyeuse de ce qui lui arrive mais elle sent bien que Ben ne manifeste pas autant de curiosité pour cette histoire que pour les précédentes. Peut-être blasé, le barman. Rien de grave à ce qu'il s'y intéresse moins : son opinion n'est pas décisive, évidemment, mais elle apprécie que Ben la rassure. Elle a fini par s'habituer à ses encouragements, à son silence et à ses airs énigmatiques qu'elle peut interpréter comme ça l'arrange.

« Je ne sais pas à quelle heure Norman sera là. Je l'attends, vous savez ?

— Vous n'avez pas fixé d'heure précise pour votre rendez-vous ?

— Non, il a simplement dit qu'il passerait dès qu'il aurait terminé ce qu'il a à faire. »

Ce qu'il a à faire. Elle a une manière d'énoncer les choses qui s'apparente étrangement à un mensonge. Mais pouvait-elle véritablement divulguer à Ben ce que Norman *a à faire*, et qu'il devrait avoir terminé incessamment ? Non, pour sûr. Ils n'ont pas une intimité suffisante et puis Ben s'en fiche certainement comme de sa première Budweiser. Surtout, Louise se sent superstitieuse, ce soir : elle a l'intuition qu'il est important de ne rien dévoiler pour ne rien faire capoter. Elle est consciente que seuls les enfants adoptent ce genre d'attitude, qu'une adulte raisonnable ne saurait s'en remettre de la sorte à un dieu farceur. Il faut croire que ses craintes l'emportent sur son légendaire jugement.

D'un regard lent, elle embrasse le territoire du café, histoire de songer à autre chose, de se débarrasser de ses obsessions, de ses pressentiments. Pas grand-chose à contempler : comme à l'habitude, le dimanche soir, le café est désert. Juste Ben et elle. Et la lumière par la baie vitrée, la belle lumière de septembre.

« On a toujours de belles arrière-saisons, vous ne trouvez pas ?

— Sûr Les gens feraient mieux de venir

maintenant, plutôt que de s'agglutiner en août, sous la canicule. Verraient comme c'est plus agréable. Vous me direz : s'ils venaient en septembre, c'est septembre qui serait un enfer. »

Ben est coutumier de ce genre de remarque, qui hésite toujours entre le bon sens et l'absurde, de sorte qu'on ne sait jamais s'il est tout à fait idiot ou seulement malicieux et ironique. En tout cas, ça le fait sourire. Il est content de lui. Du coup, il essuie ses verres avec davantage d'ardeur. Il pense à tous ces gens qui viennent de tellement loin parfois pour voir à quoi ressemble ce bras qui s'avance sur l'océan et où il a élu domicile. Cinq cents kilomètres de littoral, tout de même, ça n'est pas rien. C'est que Cape Cod est un petit paradis. Des plages, du sable blanc, des dunes, des falaises : on comprend que les touristes fassent le déplacement et que les gens de Boston achètent une maison dans les environs. Bon, bien sûr, Chatham, ça n'est pas la partie la plus huppée du Cap, beaucoup de motels bon marché dans les parages, de fast-foods où il fait bon ne pas manger, de supermarchés bas de gamme où on vend un peu de tout, mais si on persévère, si on va au-delà du tout-venant, on finit par repérer les endroits qui ont du charme. Et puis, le café de Phillies bénéficie d'une bonne situation, un peu à l'écart de l'agitation, à quelques encablures de l'océan, qu'on aperçoit par la baie vitrée. Ben se souvient que l'endroit lui a plu au premier regard quand il y est entré, il y a neuf ans. C'est pour ça qu'il est resté. Serveur, ce n'est pas le boulot dont il avait rêvé mais il mène une existence tranquille que beaucoup de gens plus riches pourraient lui envier.

Il s'entend bien avec ses clients aussi, des habitués pour la plupart. Comme Louise Cooper. Il s'est créé une sorte de lien avec eux. Oui, c'est ça, il se sent relié à eux, il ne saurait pas être tellement plus précis. C'est comme une fraternité, en somme. Cette seule certitude le rend joyeux.

« Ben, ça vous ennuie vraiment de me servir mon Martini ?
— Pardon, Louise. Je me demande bien où j'ai la tête aujourd'hui. »

Elle boit du Martini blanc. Toujours. Il ne lui a jamais vu boire autre chose. C'est saisissant, une telle fidélité. Il y en a qui seraient passés à d'autres alcools, ou qui s'essaieraient à varier les plaisirs. Elle, non. Elle ne s'est jamais départie de cette habitude et, malgré les années, cela continue de surprendre Ben. Au moins, il y voit un avantage : il n'a plus besoin de lui demander, lorsqu'elle s'installe au comptoir, ce qu'elle entend commander. Il la sert mécaniquement, sans se poser de questions. Tout de même, au fond de lui, et sans jamais le lui avoir confessé, il attend le jour où elle entrera et commandera autre chose. Il essaie de se tenir prêt pour ce jour-là, qui arrivera peut-être, qui sait ? Pourtant, il devine que, si cela devait survenir, il ne manquerait pas d'en être absolument abasourdi.

La vie est dans ces détails, pensent-ils de concert. La vie est dans ces instants de presque rien, dans ces rites ordinaires, dans cette familiarité. Louise et Ben, chacun à sa manière, semblent ne rechercher rien d'autre que ça. Ils pourraient être heureux si l'existence n'était que la succession de ces moments simples et sereins. Ils pourraient être heureux s'il y avait toujours la belle lumière de septembre sur les falaises de Cape Cod, toujours les dimanches soir dans le café désert.

Louise est touchée par la distraction de Ben, qui l'a toujours étonnée puisqu'elle avait l'idée qu'un serveur de bar est nécessairement quelqu'un qui a une mémoire d'éléphant, une souplesse de gazelle, des réflexes de guépard. Ben est presque le contraire de tout ça : il est généralement oublieux, lent. Son air d'être toujours un peu dans la lune, un peu en retard, ce décalage infime dans ses mouvements, ça lui a plu dès le premier instant et elle le remercierait presque de n'avoir pas changé.

Elle l'asticote régulièrement au sujet de sa balourdise, de sa distraction et lui, il s'insurge à chaque fois, dément ces accusations qui lui paraissent spécieuses, prétend qu'il est un très bon serveur, qu'il fait très bien son métier. Et d'ailleurs, Phillies n'a jamais eu à se plaindre de lui. Pourtant, elle n'est pas une patronne facile, elle aurait vite fait de le mettre à la porte si elle n'était pas satisfaite de ses services. Elle ne plaisante pas avec ça, Phillies. C'est alors au tour de Louise de lever les yeux au ciel, rappelant que Phillies est une crème, la meilleure des femmes, qu'elle ne ferait pas de mal à une mouche, qu'elle a pris Ben sous son aile et qu'il est sa croix, celle qu'elle devra porter jusqu'à la fin de ses jours. Normalement, à ce moment-là, Ben est furieux et tous les deux éclatent de rire. Ils jouent ce jeu depuis bientôt dix ans et ils ne s'en lassent pas.

Ben s'empresse donc de servir son Martini blanc à sa cliente et en profite pour entamer une sorte de conversation puisqu'il n'y a pas grand-chose d'autre à faire que de parler de tout et de rien dans ce café abandonné de tous.

« J'ai lu dans le journal qu'*Un profil détourné* ouvre la nouvelle saison théâtrale à Boston. Vous devez être rudement contente.

— Oui, ça va finir par devenir un classique, si on n'y prend garde. Ce n'est pourtant pas la pièce que je préfère. Je vais même vous faire un aveu : au début, je croyais que personne n'en voudrait. Quand je l'ai proposée, je m'attendais vraiment à des refus. J'en ai été la première surprise. Au fond, on est souvent son plus mauvais juge. »

Louise Cooper écrit des pièces de théâtre. Elle travaille en ce moment à l'écriture de la sixième. Elle est un auteur reconnu : Ben est très fier d'elle. Il s'arrange toujours pour savoir si une des créations de Louise est jouée dans le pays. Lui qui ne s'intéressait à rien, sauf aux matches de base-ball, s'est mis à s'intéresser au théâtre après sa rencontre avec Louise. Pour lui, elle est une sorte de gloire locale et il s'enorgueillit qu'elle ait choisi son café à lui. Alors, il lit les articles qui paraissent, il se tient informé, et à chaque fois qu'une nouvelle pièce est montée, il se fait un devoir d'assister à la première. Désormais, il est un privilégié : Louise lui procure systématiquement un carton d'invitation et il est toujours bien placé. Il a même accès au cocktail privé donné après la générale. Pour ces jours-là, il met ce costume qu'il ne porte qu'aux mariages et aux enterrements. Les deux premières fois, quand même, c'est lui qui a payé sa place.

Il ne serait pas capable de disserter à propos du théâtre. Les pièces de Louise sont les seules auxquelles il ait jamais assisté. Il sait juste qu'elles lui plaisent, il passe un moment agréable, c'est une sortie importante pour lui. Il se sent encore impressionné par la foule des premières, par les tentures, les ors des théâtres, il n'est pas très à l'aise, mais dès que le rideau s'ouvre, il est l'égal de tous les autres et sa joie ne se discute pas.

« C'est bien vrai que vous êtes votre plus mauvais juge. Moi, je vais vous apprendre quelque chose : *Un profil détourné*, c'est celle que je préfère. Cette femme qui perd son fils, moi, elle me bouleverse.

— Oui, peut-être, je ne sais pas. »

Ben connaît les titres des cinq pièces par cœur, comme si c'était lui qui les avait trouvés. Il ne parle jamais d'une pièce en disant : « Vous savez bien, celle où une femme perd son fils. » Il cite le titre exact. Il pourrait même préciser quand la pièce a été créée, et où, et qui en étaient les interprètes. Il connaît le nombre des représentations. À certains égards, il est le gardien de la mémoire. En secret, il tient des fiches mais ça, il n'a jamais osé l'avouer à Louise.

Elle, elle s'amuse de ce culte enfantin que Ben lui voue. Pourtant, en fin de compte, ça la rassure, ça ne flatte pas sa vanité car elle n'est pas ainsi faite mais ça lui fait plaisir. Elle se dit que, dans la vie de Ben, il y a le base-ball et son théâtre à elle. Un auteur peut-il en espérer davantage ?

Elle ne s'était pas imaginée, tout d'abord, en auteur à succès. Elle a espéré longtemps devenir comédienne. Elle a suivi les cours de la Boston School of Arts, passé des auditions, interprété des petits rôles dans des comédies convenables et des rôles plus importants dans des tragédies ratées, couru le cachet. Un jour, elle avait vingt-six ans, elle s'est rendue à l'évidence : elle ne serait jamais une actrice reconnue. Elle a tout abandonné du jour au lendemain. Elle a vécu cet abandon comme une reddition. Pour donner le change, aux autres comme à elle-même sans doute, elle a expliqué que ce métier était celui qui avait le plus fort taux de chômage et qu'elle ne pouvait pas se permettre plus longtemps une telle précarité, que la chance n'avait pas voulu lui sourire. Cependant, dans sa reddition, il entrait une part non négligeable d'amertume. On ne renonce pas si facilement à l'enfance, aux rêves de l'enfance. Aujourd'hui, alors que près de dix années se sont écoulées, elle est disposée à reconnaître qu'elle n'était peut-être pas une bonne comédienne. Et puis, la vie l'a comblée : elle travaille pour le théâtre, elle gagne bien sa vie, la critique est généralement élogieuse. Ça n'a pas toujours été aussi facile : elle se rappelle l'époque des vaches maigres. Elle n'a pas le sentiment d'avoir pris une revanche, simplement d'avoir réussi à entrer dans l'ascenseur juste à l'instant où la porte se refermait.

Ben connaît tout cela parce qu'il est arrivé à Louise de s'épancher, certains dimanches soir plus délicats que d'autres, après plusieurs Martini. Il s'est toujours contenté de l'écouter, sans ponctuer ses phrases. Il a la conviction que les serveurs de café doivent être affables et discrets. Il comprend un peu cette affaire de renoncement, le regret de ce qui n'a pas été accompli, ce deuil de la jeunesse. Il sait que ça a à voir avec les blessures intimes, les souffrances personnelles, pas celles qui font mal comme une coupure ou une fracture, plutôt celles qui lancent comme un rhumatisme. Et puis, l'existence de Louise Cooper lui paraît une indéniable réussite. Passer ses journées à écrire, devant l'océan, connaître le succès, boire des Martini, choisir ses amants : tout de même, il y a des sorts moins enviables.

Elle ne souhaiterait pour rien au monde être de ces femmes aigries et elle ne l'est pas, parce que, si elle ne mène pas tout à fait la vie qu'elle aurait choisie, elle n'a aucune de celles qui lui faisaient horreur, ces vies de confort et de conformisme, toutes tracées, remplies de maris, d'enfants, d'écoles, de supermarchés, de voitures, de maisons secondaires, de beaux-parents dominicaux, de régimes alimentaires et de couples amis. Elle aura échappé à ça, cette abomination ordinaire, et combien peuvent en dire autant ?

Ce qu'elle aime chez Norman, c'est ceci, précisément : son existence décalée, ses revendications de liberté, ses passions qui l'enflamment, tout ce qui sort de l'ordinaire. Lui est comédien de toutes ses fibres, et jusque dans ses hystéries, ses jalousies, ses élans amoureux. Il ignore la tiédeur. Ses plus petites déconvenues deviennent des drames indépassables. Ses moindres succès virent au triomphe absolu. Norman n'est jamais fatigué mais épuisé, jamais joyeux mais extraordinairement comblé, jamais mélancolique mais affreusement triste. Cela pourrait être horripilant mais, parce qu'il est doté d'un charme fou, c'est simplement merveilleux. Sans le théâtre, ils ne se seraient jamais rencontrés. C'est Norman qui a tenu le rôle principal dans *Un matin à New York* pour la création à Broadway. Elle se souvient d'être tombée amoureuse de lui à la première réplique de la première répétition. Elle concède que le bleu malicieux de ses yeux et la fluidité de sa silhouette y ont fait pour beaucoup.

Cette seule pensée la ramène, comme par réflexe, à son désir de lui plaire, d'être belle pour lui. De son sac à main, posé sur le tabouret de bar installé juste à côté de celui où elle a pris place, elle extrait un miroir de poche, qu'elle place devant sa bouche. Elle s'empare alors distraitement et avec une assurance déconcertante pour qui l'observerait à cet instant précis d'un tube de rouge qu'elle décapuchonne. Elle remet un peu de rouge sur ses lèvres, et les mouille. Elle fait ce geste exclusivement féminin : elle passe sa langue sur ses lèvres pour les mouiller, puis elle observe, comme si sa vie entière en dépendait, la blancheur de ses dents. Quand elle a fini, elle repose le miroir à l'intérieur de son sac, et elle ajuste sa chevelure. Voilà : elle est belle à nouveau. Ben dirait que c'est une femme qui a de l'allure.

Elle jette un coup d'œil nerveux à sa montre. Il est déjà plus de dix-huit heures. Norman a beau lui avoir indiqué qu'il ignorait tout à fait l'heure à laquelle il serait en mesure de la rejoindre, compte tenu de ce qu'il *a à faire*, elle ne peut s'empêcher de considérer qu'il est déjà en retard. Elle espère qu'il viendra vite maintenant, et qu'elle n'a plus très longtemps à attendre. La lumière décline un peu dans le café : derrière la baie vitrée, des nuages ont fait leur apparition et voilent imperceptiblement le soleil du soir. Les arrière-saisons ont parfois quelque chose de déchirant.

2.

C'est le regard de Ben qui attire l'attention de Louise, qui la tire de sa léthargie inquiète. Un regard où se reflète la surprise et peut-être un peu de frayeur. Un regard décontenancé, qui oscille entre la joie et la crainte. Le regard de celui qui contemple un revenant. Elle pivote alors sur son tabouret, pour se tourner vers la porte d'entrée du café. Elle se livre à un déhanchement inélégant – inélégant d'ailleurs dans tous les sens du terme puisqu'il est à la fois disgracieux et malpoli – mais, après tout, on est entre soi. Lorsqu'elle a fini de pivoter et qu'elle s'immobilise, elle aperçoit une silhouette découpée dans la lumière de la baie, un homme taillé dans le soleil. Lorsque ses yeux sont enfin capables de distinguer plus nettement, après s'être habitués à la lumière blanche, ils contemplent, en effet, un revenant. Stephen Townsend se tient là, dans l'embrasure de la porte, droit sur ses jambes. Il retire, d'un geste lent et un peu gauche, ses lunettes de soleil. Soudain, il y a un silence à couper au couteau.

« Stephen, si je m'attendais...
— Benjamin, ça me fait plaisir de vous revoir. »

La discussion ne pouvait s'engager qu'entre Stephen et Ben. Louise est interdite de parler. Elle est muette, saisie d'effroi, submergée par les souvenirs. Elle a l'hébétude des gens qui ne se sont pas préparés à se retrouver dans une situation donnée et qui sont, en une seconde, mis au pied du mur. Elle s'est retournée, d'un mouvement très vif, où entrait une large part d'affolement, vers le comptoir derrière lequel elle observe, sans le voir vraiment, Ben qui entame la conversation avec Stephen. Elle sait, de ce savoir intuitif des femmes, qu'elle ne dispose que de quelques instants avant de devoir entrer à son tour dans cette conversation, quelques instants pour décider comment elle entend traiter cette information qui vient de lui être communiquée : Stephen Townsend est de retour.

Il est le seul à s'adresser à Ben par son véritable prénom : Benjamin. Personne d'autre que lui ne le fait. Il n'est même personne qui l'appelle Benji, par exemple. Au reste, si l'on interrogeait les habitués de chez Phillies pour déterminer combien parmi eux connaissent l'exacte identité de Ben, on peut être certain que tous assureraient, la main sur le cœur ou sur la première bible venue, que leur barman se prénomme Ben, simplement Ben. Ils seraient même décontenancés qu'on leur pose la question : ils n'en comprendraient pas le sens, pas l'objet. Stephen a appelé Benjamin par son prénom de baptême dès que ce dernier, qui, ce jour-là, devait être impressionné pour décliner de la sorte son identité, s'est présenté à lui et il n'a plus jamais varié. Il a toujours tenu en horreur les diminutifs ou les surnoms, toujours estimé qu'on devait respecter le choix qu'avaient opéré des parents à la naissance de leurs enfants. Cela fait sans doute de lui quelqu'un de vieux jeu mais il s'en fiche. Il croit que la fidélité à l'état civil n'empêche pas la familiarité, mais qu'elle préserve d'une forme de vulgarité. Personne ne l'a contredit sur ce point. On a fini par s'habituer à cette incongruité, à ce snobisme, qu'on aurait tort d'assimiler à une distance de classe, à un mépris : c'est, au contraire, à n'en pas douter, une marque d'affection. Ben entend son véritable prénom pour la première fois depuis cinq ans.

« Louise, ça me fait plaisir de te revoir aussi... »

Stephen se porte à sa hauteur, se penche un peu vers elle, il dépose ses lunettes de soleil sur le comptoir. Il est vêtu d'un costume sombre de très bonne coupe, sans doute un Armani, un lin qui paraît léger, qui convient bien à la douceur de septembre, et aux hommes d'affaires en week-end. Sous sa veste, son tee-shirt est d'un gris clair. L'ensemble est d'un parfait bon goût et lui donne une mine superbe. Stephen Townsend a toujours été un homme distingué.

En se tournant vers lui, elle aperçoit que son charme est resté intact. Louise reconnaît les yeux verts, les cheveux clairs, la finesse des traits, la peau ferme du visage où une barbe de deux jours a poussé. Elle est émue par les reflets roux de cette barbe, qu'elle avait presque oubliés, qui reviennent brutalement à sa mémoire. En effet, lorsqu'on cherche à se rappeler certains hommes, on pense aux choses les plus évidentes : la couleur des yeux, la corpulence, puis on se remémore certains moments, mais on ne songe pas à ce genre de détails, les reflets roux d'une barbe, même si on les a connus mieux que beaucoup d'autres, même si on a déposé des baisers sur ces reflets.

Alors qu'elle s'attarde sur son visage, elle remarque que Stephen ne porte plus de lunettes de vue, que les yeux verts ne sont plus masqués par ses éternelles montures. Tout à coup, cette absence la frappe, comme si l'homme avait été défiguré, comme si on l'avait amputé de quelque chose. Elle se souvient qu'elle n'a jamais réussi à le décider à porter des lentilles. Celle qui y est parvenue est nécessairement une femme redoutable.

« Qu'as-tu fait de tes lunettes ? »

Cinq années qu'ils ne se sont pas vus et voilà la première phrase qu'elle lui adresse. Lui, au moins, a fait preuve de tact : il a commencé par un compliment, une phrase gentille. Elle, non. Elle n'est pas du genre à faire des efforts, pas du genre à arrondir les angles, à soigner les présentations, à employer les mots que les gens attendent. Elle est toujours un peu ailleurs, un peu à côté. Elle suit son idée.

« Remplacées par des lentilles. Tu vois : je m'y suis finalement résolu. Une coquetterie, sans doute. Un refus de vieillir, va savoir. Avant, je voulais paraître vieux et les lunettes me donnaient cet air sérieux qui rassurait. Maintenant, j'ai envie de me rajeunir. Au fond, on n'est jamais dans le bon tempo. »

Stephen est à peu près comme tous les individus de sexe masculin : il éprouve quelques difficultés à concéder qu'il s'occupe de son apparence. Avec toute autre personne que Louise, il n'aurait pas évoqué sa « coquetterie », mais, à elle, que peut-il cacher ? Oui, il fait attention à lui, à son alimentation, à son hygiène de vie. Oui, il fréquente les salles de sport, évite de trop boire. En somme, il s'entretient, même s'il sait que ses hanches ne sont plus exactement celles qu'il avait à vingt ans, que son torse n'est plus aussi fluet, que son visage s'est empâté. Il est parvenu à un âge, trente-six ans, qui, en l'absence de mesures drastiques et d'efforts réguliers, peut le conduire tout droit à l'embonpoint. Dieu merci, il échappe à la calvitie et son niveau de vie l'autorise à s'offrir les vêtements qui soignent sa ligne. Il s'efforce de croire que son métier et son devoir permanent de représentation l'obligent à une telle application. Il est avocat d'affaires à Boston.

Ben, qui assiste à la scène, n'en perd pas une miette même s'il ne se mêlerait pour rien au monde à la discussion, aux retrouvailles. Il se demande si les derniers mots de Stephen, « on n'est jamais dans le bon tempo », recèlent un sens caché mais il en serait étonné : Stephen n'est pas homme à placer des messages de manière subliminale. Il est d'un bloc, il énonce les choses, enfin, c'est comme cela qu'il se souvient de lui. En revanche, il n'a pas été surpris par la première question de Louise : il la reconnaît bien dans cette désinvolture qui constitue sa façon de marquer son territoire.

« Benjamin, vous seriez assez gentil pour me servir un Southern Comfort, s'il vous plaît ?

— Bien sûr, tout de suite.

— Je constate que tu n'as pas changé tes habitudes et que tu es restée fidèle au Martini blanc.

— Oui, ça ne m'a pas quittée : je raffole de la forme du verre dans lequel on sert le Martini, tu sais bien. »

Cela pourrait sembler une affectation et pourtant, il est rigoureusement exact que Louise est venue au Martini pour cette seule raison : la forme du verre. Elle avait été très impressionnée, alors qu'elle n'était qu'une adolescente, par le maintien d'une femme qu'elle avait remarquée dans un café, sirotant un Martini dans ce genre de verre, long pied soutenant un v majuscule, forme évasée aux parois très fines, cristal si léger, si maniable. Elle avait instantanément désiré ressembler à cette femme. Elle admet que c'était un comportement un peu infantile, mais sait-on pourquoi et comment on vient aux choses les plus simples ?

Voici qu'ils déterrent déjà leurs souvenirs, comme d'anciens combattants. Il n'aura pas fallu deux minutes. Elle juge cette nostalgie un peu déplacée et elle s'en voudrait presque d'avoir évoqué une anecdote qu'elle croyait, du reste, avoir oubliée. Il faut croire que la mémoire emprunte des chemins étonnants et qu'elle a besoin de chocs émotionnels pour réveiller ce qu'elle enfouit dans sa besace. Lui, il est disposé à considérer que cette évocation est charmante. Et puis, c'est un moyen comme un autre d'entamer un dialogue. Il doit néanmoins confesser que, s'il a souvent imaginé leurs retrouvailles et tenté de deviner ce que seraient les premiers mots échangés, jamais il n'avait envisagé débuter sur une histoire de lunettes et de forme de verre.

Stephen a régulièrement pensé à Louise. Même marié à Rachel, même père de deux ravissants garçonnets, même occupé par un métier harassant, il n'a jamais cessé de se souvenir d'elle. Dans les mois qui ont suivi leur séparation, il continuait d'essayer de deviner ce qu'elle devenait, qui elle fréquentait, où elle se trouvait. Le hasard, aussi, lui envoyait des signes : la télé diffusait un film qu'ils avaient vu ensemble, le théâtre de Boston devant lequel il passe tous les matins pour se rendre à son bureau proposait une pièce de Louise, il croisait sur un trottoir d'anciens amis qui auraient pu lui fournir de ses nouvelles s'il n'avait pas renoncé à en demander. Avec le temps, ça s'est estompé, bien sûr, les signaux se sont espacés mais ça n'est jamais parti tout à fait. On ne partage pas sa vie avec quelqu'un pendant cinq ans sans qu'il en reste des traces. Louise dirait sans doute la même chose. Il aimerait beaucoup qu'elle dise la même chose.

Louise Cooper et Stephen Townsend ont formé, durant cinq années, l'un des jeunes couples les plus en vue de Boston. Elle, comédienne prometteuse devenue dès sa première tentative un auteur à succès, coqueluche des milieux branchés, jeune femme au goût très sûr, capable de nouer des relations avec tous. Lui, frais émoulu de Harvard, issu d'une très vieille famille fortunée, affable et séduisant, l'homme à épouser par excellence. Chacun vantait leur complémentarité. Combien de fois ont-ils entendu qu'ils « allaient très bien ensemble », qu'ils « étaient tellement bien assortis », comme on le dit de deux couleurs, de deux vêtements ? Ils tâchaient de ne pas prêter attention à ces remarques mais ils avaient vraisemblablement fini par y croire, au moins par s'y accoutumer.

Ben les a connus au temps de leur « splendeur ». Il en aurait des choses à raconter. Il les accueillait si souvent, soit à l'occasion des séjours du couple dans la résidence des parents de Stephen à Hyannis, soit plus tard lorsque Louise a décidé de louer une maison à Brewster, pour écrire ses pièces : elle prétendait qu'elle avait besoin de calme. Régulièrement, ils faisaient leur entrée chez Phillies, lui son bras enroulé autour de sa taille à elle, elle riant de ce rire qui lui jette le visage en arrière. Ils commandaient un verre, puis finissaient presque toujours par rester dîner d'un sandwich, d'une salade et ils parlaient, ils parlaient. Ben s'est plus d'une fois demandé ce qu'ils pouvaient bien trouver à se raconter, comment ils arrivaient à être, comme ça, intarissables. De temps en temps, on les voyait avec des amis, en bande. C'était facile de distinguer quand il s'agissait des amis de Louise, et quand il s'agissait de ceux de Stephen. Le doute n'était pas permis, et l'ambiance bien différente selon les participants. Non que les amis de Stephen aient été particulièrement coincés et ceux de Louise outrageusement bruyants, mais il y avait dans son entourage à lui des gens calmes, mesurés, évidemment intelligents et cultivés, évidemment bien élevés, qui avaient le sens de l'humour mais qui s'amusaient de choses qui n'auraient peut-être pas amusé d'autres qu'eux-mêmes, et on croisait dans son cercle d'intimes à elle des êtres plus expansifs, plus chaleureux, agaçants parfois dans leur théâtralité et dans leur certitude d'être différents, mais rieurs et beaux. À cette seule évocation, Ben sent monter en lui une bouffée de mélancolie, comme s'il mesurait mieux le temps qui s'est écoulé et ce qui a été perdu.

Tout de même, ce qui rassure le serveur, c'est que Stephen n'a pas tellement changé. Physiquement, il est presque le même. Bien sûr, il a ces quelques rides au coin des yeux qu'il ne lui avait pas vues auparavant et qui lui vont plutôt bien, qui lui donnent un air curieusement reposé. Il a aussi une lenteur plus grande des gestes, comme le signe d'une maturité. Son costume le vieillit également un peu, mais c'est parce que Ben l'a essentiellement connu portant des jeans et des chemises mal ajustées, et même pendant plusieurs mois une casquette dont la visière ombrageait son visage. Pour le reste, il est fidèle à son souvenir.

Ce dimanche soir d'il y a cinq ans, lorsque Ben a vu Stephen pour la dernière fois, mais alors il ignorait que c'était la dernière fois, le Bostonien portait cette même fatigue bravache, cette même lassitude qu'on cherche à dissimuler. Non, il n'a pas tellement changé.

« Voilà votre Southern Comfort. Ça, c'est nouveau. Vous ne buviez que de la bière avant.
— Vous avez une excellente mémoire, dites-moi, Benjamin. Mais que voulez-vous ? Avec l'âge, on prend des habitudes bourgeoises... »

Oui, c'est cela qui lui est arrivé : il a pris des habitudes bourgeoises, celles de son milieu, il n'y a pas échappé. Mais sait-on véritablement y échapper ? Ne faut-il pas du courage pour ne pas fléchir ? Une réelle capacité de résistance ? une sorte d'héroïsme, en tout cas d'abstinence et de désintéressement ? Il le reconnaît : il s'est laissé faire, ça n'était pas bien difficile, il suffisait de suivre l'inclinaison de la pente. Et puis, il ne se sent pas spécialement condamnable et il n'a pas d'excuses à présenter. Après tout, il a bien le droit de boire du Southern Comfort. Ah, bien entendu, ce n'est pas Louise qui aurait cédé à ces sirènes ! Du reste, elle l'a rappelé d'emblée : elle, elle s'en est tenue au Martini blanc. Est-ce que cela signifie qu'elle n'a pas renoncé à être celle qu'elle fut ? Et sa conversion à lui l'inscrit-elle automatiquement dans le clan des traîtres ? Mais pourquoi lui vient-il ce genre de pensées, tout à coup ? Est-ce que les mots qu'on prononce à l'instant des retrouvailles sont à ce point importants qu'il faille les décortiquer, les analyser, en soupeser le ou les sens ? Il comprend qu'il est un peu nerveux.

Louise paraît plus détendue, passé le moment de la surprise initiale. C'est une femme qui sait prendre sur elle, dominer les situations. On a tort de croire, parce qu'elle est une artiste, qu'elle se complaît nécessairement dans l'excès. Elle sait être tranquille, rationnelle, ramener les événements à leur exacte proportion. D'ailleurs, dans leur couple, elle était plutôt l'élément le plus coriace.

« Nous vieillissons tous, Stephen. Il nous arrive à tous d'abdiquer sur des détails. Ce qui compte, c'est que l'essentiel soit sauf.

— J'ai peur qu'il y ait comme un reproche dans cette affirmation.

— Tu te trompes, je faisais une formule, c'est tout. Comme au théâtre. J'ai le goût des répliques. »

Et c'est vrai qu'il ne faudrait déceler aucune malice dans sa remarque. Elle admet qu'on puisse y voir une pichenette mais c'est parfaitement involontaire. Elle tient à ce qu'on soit convaincu de son ingénuité. Elle ne veut pas « délivrer des messages ». Et si elle a des choses à dire, elle les dira sans détour. Elle n'a pas besoin d'avoir recours à des circonvolutions ou à des images. Elle sait être nette, claire. Elle cherche simplement à engager une conversation sur le ton le plus anodin. Elle croit que la légèreté est le plus sûr moyen, pour elle, de ne pas s'évanouir.

« À propos de théâtre, j'ai appris que l'une de tes pièces faisait l'ouverture de la nouvelle saison.

— *Un profil détourné.*

— Oui, c'est ça. Merci, Benjamin. Je note

que vous êtes toujours un grand admirateur de notre non moins grand auteur.

— Je me tiens au courant. C'est comme Louise avec le Martini : moi aussi, j'ai mes fidélités. »

Il regrette sa phrase presque aussitôt qu'il l'a prononcée mais c'est, bien sûr, trop tard. Il avait l'intention de tourner un compliment pour Louise et il se rend compte qu'il donne l'impression de faire la leçon à Stephen. Il ne s'autoriserait pas une telle attitude et, au surplus, il n'en veut pas à Stephen, il n'a rien à lui reprocher. Parfois, on parle trop vite. Oui, vraiment, il s'en veut. Quelle opinion va-t-on avoir de lui maintenant ? Il n'est pas une mouche du coche, et il n'est pas du genre à se mêler de ce qui ne le concerne pas. Il ferait mieux de dresser quelques tables : des clients vont bien finir par se présenter pour dîner. Les miracles ne sont pas réservés qu'à la Bible.

Stephen déplore que Ben n'ait pas perçu la malice affectueuse de son observation. Décidément, avec le temps, on égare ses réflexes et on doit refaire le chemin pour que ceux qui, hier, comprenaient nos phrases sans qu'on ait besoin de les terminer les comprennent, aujourd'hui, sans qu'on ait besoin de les leur répéter afin de s'assurer d'avoir été compris. Dans cette affaire, c'est encore Louise qui s'en tire le mieux. Elle est au centre de tout mais comme elle ne dit presque rien, elle ne court pas le risque de commettre des erreurs. Alors que les deux hommes, eux, les pauvres bougres, ils s'enfoncent gentiment sans qu'une main songe à les secourir. Ça n'est pas facile, des retrouvailles : il s'en doutait.

Louise arbore un sourire qu'elle qualifierait sûrement de léger. Mais cette fois, c'est un sourire qu'elle force, qui pourrait presque la défigurer. C'est tout simplement sa manière à elle de garder une contenance.

Ben se dirige vers le juke-box, y glisse une pièce de cinquante cents et choisit un titre presque au hasard, pour qu'on ne reste pas juste avec le silence. Le bras mécanique s'élève dans les airs derrière la vitre bombée, s'empare méthodiquement d'un disque et s'en va le déposer sur le plateau qui s'est mis à tourner comme par magie. Le diamant atterrit en douceur sur la bordure noire et produit un grésillement assez doux. La chanson paraît avoir du mal à démarrer. Mais soudain, de la machine chromée, s'échappent les premiers accords de *Somethin' Stupid*. La voix d'un crooner connu raconte la stupidité de l'amour avec une jolie ironie.

3.

Dehors, au-delà de la baie vitrée, c'est toujours l'été, toujours septembre, toujours cette tiédeur sucrée du soir, malgré les nuages qui arrivent de Boston et la lumière qui faiblit. À l'intérieur du café, les pales des ventilateurs tournent au-dessus des têtes et des banquettes en moleskine. Les rangées de bouteilles se reflètent dans l'immense miroir posé au mur derrière le comptoir et portent en elles la menace d'un chaos gigantesque si une seule étagère vient à céder. Dans la salle, Ben s'active à passer et repasser une éponge sur les tables avant d'y disposer des couverts et des serviettes en papier, et de vérifier que les bouteilles de ketchup et de moutarde ne sont pas vides et que les salières et les poivrières se trouvent bien à leur place. Il remet un peu d'ordre afin que les chaises soient tenues à bonne distance des tables. Quand il a fini, mécaniquement, il slalome entre les tables, un balai à la main, mais tout est propre et son empressement inutile puisqu'il n'est venu aucun client depuis le milieu de l'après-midi, c'est-à-dire depuis sa dernière danse. Aux murs, les publicités pour Coca-Cola rappellent qu'ici, c'est l'Amérique presque profonde. Elles mériteraient surtout d'être remplacées car on constate à l'œil nu qu'elles sont recouvertes d'une épaisse couche de graisse, ce qui n'est pas du meilleur effet dans un établissement supposé être bien tenu. Ben en a déjà parlé à Phillies mais, comme toujours, elle l'a écouté d'une oreille distraite : il faudra qu'il remette le sujet sur la table. Soudain, un rayon de soleil entre dans le café et rebondit contre la moleskine. Ben pense que c'est un de ces moments qu'il affectionne.

« Comment se fait-il que tu sois dans le coin ?

— J'ai passé le week-end dans la maison de Hyannis, avec maman. Tu sais, elle est seule maintenant.

— Oui, j'ai appris ça. »

Oui, elle a appris la mort de Robert Townsend, des suites d'une longue maladie, comme on le mentionne pudiquement dans les rubriques nécrologiques des journaux... Du reste, c'est par les journaux qu'elle a eu connaissance de sa disparition. Elle n'a pas pu manquer cette photo qu'ils ont reproduite et sur laquelle on aperçoit la mine contrite du secrétaire d'État au Trésor, comme si la nation tout entière portait un deuil. Robert Townsend était un homme considérable, singulièrement à Boston, patron du cabinet d'avocats Townsend and Lynch, membre éminent du Lions Club, président ou trésorier de diverses associations caritatives, conseiller écouté au sein de l'équipe du maire et elle en oublie certainement. Un homme indispensable, en somme : comment vont-ils donc tous se débrouiller sans lui ? Il fallait lire les articles : un déluge d'éloges, un panégyrique interminable, un chagrin sincère. Ils avaient perdu un ami. En réalité, ils ont surtout perdu un généreux donateur, un homme en vue, quelqu'un qui donnait de la valeur à l'amitié tout bonnement parce qu'il la monnayait. Louise n'a jamais porté Robert Townsend dans son cœur.

C'est venu presque tout de suite l'antipathie entre eux deux. Question de milieu, sans doute. D'origine. C'est un euphémisme que de pointer qu'ils ne partageaient pas la même conception de la vie ni la même vision de l'homme, si ces expressions un peu grandiloquentes ont encore une signification. Il l'a d'emblée regardée comme un petit animal malfaisant, une bonne à rien, une actrice, imaginez-vous ! Il abominait ses vêtements trop voyants, sa bonne humeur permanente, ses mouvements trop amples et ce qu'il mettait derrière tout ça : de l'inconscience, de l'inconsistance, de la vulgarité peut-être.

Mais surtout, il ne supportait pas l'influence qu'elle paraissait exercer sur son fils : Stephen avait modifié son comportement « du tout au tout » depuis qu'il la connaissait, assurait-il, voilà qu'il traînait dans des cafés à présent, qu'il avait admis des « théâtreux » dans son entourage, qu'il dormait peu la nuit, qu'il oubliait carrément les responsabilités inévitables qui attendent un diplômé de Harvard et l'héritier unique d'une firme d'avocats d'affaires extrêmement réputée. Enfin, il la soupçonnait de ne fréquenter son fils que par pur intérêt, et d'en vouloir à son argent. C'est dire qu'il la connaissait vraiment mal.

Louise, elle, exécrait son arrogance, le besoin qu'il ressentait en toute circonstance d'étaler sa puissance, de rappeler à tous qu'il faisait le bien, comme s'il ne le faisait que pour en retirer une gloire supplémentaire, comme si on lui devait une reconnaissance pour cela. Pour elle, il n'était qu'un patron imbu de son pouvoir, un avocat dont le seul objectif était de réaliser des profits (après tout, pourquoi pas ? mais, dans ce cas, il ne fallait pas hésiter à l'assumer), un combinard qui cherchait des places, un type qui n'aimait au fond que lui-même et qui raffolait de son image et de sa notoriété. Elle s'était toujours sentie écrasée par ses manières, par sa morgue, par la distance qu'il imposait entre eux deux, par son insincérité, pour ne pas dire son hypocrisie. Elle lui avait fait connaître clairement, un jour, l'opinion qu'elle avait de lui et de son puritanisme bostonien. Depuis, ils ne s'étaient jamais revus. Désormais, il est mort. Elle n'en est pas soulagée pour autant parce qu'elle n'est pas cynique. Simplement, elle s'en fiche. Elle ne l'avouera pas à Stephen parce qu'elle ne souhaite pas être cruelle mais c'est ce qu'elle répondrait à la question : « Qu'éprouvez-vous ? ». La question ne lui sera pas posée, et surtout pas par le fils du cher disparu.

Robert Townsend a souvent été un sujet de discorde, de dispute entre Louise et Stephen. Aujourd'hui encore, son évocation pèse lourd entre eux deux. Dans le laconisme de la remarque de Louise, il faut comprendre que toute la rancune n'a pas été jetée à la rivière. Dans la discrétion de Stephen, il convient sûrement de déceler une volonté de ne pas raviver des plaies. On retient ses coups.

Chez Phillies, tout tourne au ralenti. Les bruits sont amortis. On ne perçoit rien ou presque de l'agitation du dehors, des scories de l'urgence estivale, des derniers soubresauts d'un week-end ensoleillé. Le calme intérieur tranche avec le vacarme extérieur. Le vide du café contraste avec le plein des rues avoisinantes. Mais c'est ainsi : Chez Phillies est installé un peu à l'écart, les gens répugnent à marcher, ils préfèrent rester au centre-ville, au plus près des commerces. Et puis, comme Ben le prétend, « Phillies a une clientèle d'habitués », des gens qui viennent en semaine. Les touristes, quelle engeance ! Bien sûr, là, tout de suite, il ne serait pas contre un client supplémentaire ou deux. Parce que, bon, avec seulement Louise et Stephen, on se sent comme dans une pièce de théâtre minimaliste...

« Rachel ne t'a pas accompagné à Hyannis ?
— Rachel et moi, nous sommes séparés. »

Elle reçoit cette information comme un coup au plexus, qui lui coupe la respiration, qui l'aurait mise à genoux si elle l'avait reçu debout. À l'intérieur de sa gorge, elle cherche un peu d'air. Elle se demande si cela se voit que son sang cogne contre ses tempes, qu'une sueur glacée coule le long de sa colonne vertébrale, que la main qui tient le verre de Martini est saisie d'un tremblement au point qu'elle est obligée de reposer le verre sur le comptoir. Dans le regard paniqué de Ben, elle comprend que cela doit se remarquer. Elle est au plus près d'un évanouissement.

Ainsi, Rachel Townsend, née Monroe, est séparée de son mari. Elle aurait beaucoup à raconter à propos de Rachel mais, jusque-là, elle s'est toujours interdit de le faire. Elle ne l'a pas évoquée une seule fois en public. Même ses amis les plus proches ne l'ont jamais entendue citer son nom. Elle a décidé, un jour, d'en faire un sujet tabou, de poser une chape de plomb sur son existence, et elle s'y est tenue avec une rigueur exemplaire. Même Ben n'a jamais surpris la moindre confidence à son propos. Au fond d'elle-même, elle sait que ce mutisme s'est imposé à elle, qu'il lui a simplement permis d'échapper à la folie pure.

Elle avait été présentée à Rachel dès le commencement de sa relation avec Stephen. Rachel était une comparse de Harvard, fille d'un banquier de la ville, son double en beaucoup de points : éducation stricte, élégance raffinée, charme indubitable, fortune assurée, intelligence racée, humour moyen. Elle était rapidement devenue une amie du couple, et une habituée de l'appartement d'Union Street. Louise se rappelle être souvent allée faire du shopping avec elle, lui avoir confié ses secrets comme on ne le fait, paraît-il, qu'entre femmes, lui avoir livré ses doutes, ses affres, ses espoirs, que ce soit à propos du théâtre, de son amoureux ou de la vie en général. Elle n'avait à aucun moment envisagé que Rachel pût être une rivale.

Elle demeure interloquée, même après tant d'années, de ne pas avoir vu Rachel s'immiscer entre eux, de ne pas avoir eu cette clairvoyance, cette lucidité. Après coup, évidemment, c'est plus facile. On se souvient de faits sans importance qui prennent un sens nouveau, de conversations chuchotées au téléphone, de portes qui se referment, de matches de polo auxquels elle n'était pas conviée ou qu'on lui servait comme explication à une absence au bureau. Comment l'avait-elle laissée venir entre eux ? Avait-elle été trop permissive, simplement naïve, ou juste insouciante ? Un peu de tout ça, sans doute. En vérité, à l'époque, elle ne songeait nullement à se méfier, elle avait confiance.

Un jour, Rachel est devenue Mme Stephen Townsend à sa place.

Si elle n'a pas changé, elle doit encore être une femme très séduisante, longue chevelure noire et bouclée, yeux noirs, port altier de la tête, seins lourds, jambes interminables et cette assurance folle, une démarche conquérante, une prestance incroyable, comme un panache. Stephen n'a pas fait un mauvais choix, si on s'en tient aux apparences. Il faut croire que les apparences ne suffisent pas.

Louise voudrait demander comment cette séparation est seulement possible, comment elle s'est produite. Elle est rongée par la curiosité, par le désir d'en savoir davantage, de connaître des détails mais elle devine que ce sont des questions qu'on ne pose pas, ou plus exactement des questions qu'elle, elle n'est pas en droit de poser. Elle choisit de demeurer muette. Elle songe que Stephen finira par parler.

Stephen, lui, estime avoir accompli le plus difficile. Il n'ignorait pas, en pénétrant dans ce café, en acceptant le principe d'y rencontrer Louise, qu'il lui faudrait forcément formuler cet aveu : sa séparation d'avec Rachel. Il n'ignorait pas non plus que cela sonnerait comme une faiblesse, puisqu'il confesserait un échec que Louise lui avait prédit. Alors voilà, ça y est : elle la tient sa victoire, puisqu'il a concédé sa défaite. Il est satisfait que cela ne se soit pas mal passé, que Louise ne se soit pas vautrée dans un triomphalisme que la rancœur accumulée pendant des années aurait autorisé mais que sa légendaire bienveillance *a priori* démentait. Il est quand même étonné qu'elle n'ait pas formulé la moindre observation, posé la moindre question. Il se dit que c'est pour plus tard.

Ben est surpris, lui aussi. Il l'est d'abord par la nouvelle de la séparation. Il l'est tout autant par l'indifférence que le mutisme voulu de Louise cherche à démontrer, passé les instants de panique. Et il est content, dans le même mouvement : d'abord parce qu'il n'a jamais vraiment apprécié Rachel qu'il tenait pour une pimbêche et une briseuse de ménages, ensuite parce que l'air penaud de Stephen le ravit, enfin parce que le silence épouvanté de Louise pourrait bien finir par dissimuler avec peine un franc sourire.

Tout à coup, comme dans un effet de balancier, Louise, parce qu'elle se remémore Rachel, se souvient de Norman. Elle préfère ne pas perdre de temps à interpréter cette association d'idées. Elle suppose que ça l'entraînerait trop loin. Elle rassemble ses esprits : si Norman la rejoint maintenant, il va nécessairement rencontrer Stephen. Elle n'a évidemment pas imaginé une seule fois pareille situation. Et là, à cet instant précisément, elle ne se sent pas vraiment capable d'échafauder une telle construction. Elle aime mieux se demander ce que peut bien fabriquer Norman. Pourquoi n'appelle-t-il pas ? Elle considère la possibilité de le joindre sur son téléphone mais elle y renonce aussi vite car il l'a priée de n'en rien faire, de ne pas le déranger tant qu'il n'aurait pas fini. « C'est moi qui te téléphonerai. » Voilà ce qu'il lui avait dit. Elle est une maîtresse obéissante.

Tout de même, elle apprécierait que la sonnerie de son portable retentisse. Enfin, elle serait fixée sur la façon dont les choses se sont déroulées, sur ce qui les attend tous les deux désormais. Et puis, une diversion serait la bienvenue. Car, en effet, comment enchaîne-t-on sur l'annonce de la séparation du fameux couple Townsend ? Un auteur de théâtre est supposé détenir la réponse à ce genre de question.

« Comment t'es-tu retrouvé à Chatham ? Ça n'est pas exactement sur la route entre Hyannis et Boston...

— Non, j'ai fait un détour. »

Elle le connaît, ce fameux détour. Ils l'ont emprunté ensemble tant de fois. Lorsque, le dimanche soir, ils rentraient de la maison de Hyannis dont le plus souvent ses parents laissaient la jouissance à Stephen, ils faisaient un crochet par Chatham qu'ils avaient découvert presque au tout début de leur relation. Ils étaient venus jusque-là totalement par hasard. Aujourd'hui encore, elle serait bien en peine de dire ce qui les avait conduits dans ce trou. Ce dont elle se souvient, c'est qu'ils ont été frappés immédiatement par la laideur de la ville, par son absolue vulgarité. Oui, ça leur a sauté aux yeux, ce désordre mercantile, cette enfilade de boutiques, de restaurants, d'immeubles, ce bout de paradis en bordure de l'océan défiguré par les promoteurs immobiliers et les petits commerçants. Et puis, sans qu'ils comprennent pourquoi, au même instant, cette laideur les a émus. Ils ont eu ce même mouvement sans s'être concertés : aimer Chatham, précisément pour sa difformité qui était une manière d'authenticité, et comme si son obscénité était aussi un symbole de leur Amérique. Ils se sont sentis chez eux. Un peu plus tard, en se promenant vers les falaises qui donnent le vertige, ils ont découvert Chez Phillies. Ils sont entrés dans le café et, tout à coup, ça a été leur café. Ce jour-là, un serveur effectuait sa première journée de travail. Il avait été recruté la veille. C'était Ben.

« Sacré détour, dis-moi.

— À qui le dis-tu ? On ne peut pas se retrouver ici par hasard. »

Louise connaît Stephen : il ne prononcerait pas une phrase pareille s'il n'avait pas l'intention d'en dire davantage. Il a toujours été transparent pour elle, y compris dans ses tentatives de dissimulation, ses mensonges, ses arrangements avec la réalité. Elle est en mesure de distinguer exactement les moments où il est sincère et ceux où il l'est moins, elle sait dire quand il cherche à obtenir quelque chose, quand il force la note. Elle connaît par cœur le roulement de ses yeux, le haussement de ses épaules, chacune des intonations de sa voix. Ils ont vécu ensemble pendant cinq ans : sûr que ça aide.

Au fond, la seule chose qu'elle n'a pas vue chez lui, c'est Rachel.

4.

« Je présumais que tu serais ici, que, sans doute, tu n'aurais pas chambardé tes habitudes. Je n'en étais pas certain, bien entendu, mais je devais l'espérer. Je me disais que si je te trouvais chez Phillies, c'est que tu n'aurais pas changé. »

Il est venu pour la voir. C'est bien cela qu'elle doit comprendre. Il a fait le détour exprès pour la voir. Il n'a pas téléphoné, pas envoyé une lettre au préalable, il a juste pris sa voiture et il est venu, sans assurance aucune, jusque chez Phillies, dans cet endroit situé à l'extrémité d'un monde, où, un jour, on ne rencontrera plus que quelques hurluberlus qui auront décidé de se précipiter du haut des falaises. Il a fait le chemin pour elle.

Elle est touchée, indiscutablement, par cette révélation à laquelle elle ne s'attendait pas. Oui, sa première réaction, c'est d'être émue. Quand elle y pensait, malgré elle, dans la solitude des endormissements, à ce moment des retrouvailles, les jours où elle croyait, contre l'évidence, que ça finirait peut-être par arriver, elle n'était jamais tout à fait sûre qu'elle serait émue. Décontenancée, à n'en pas douter. Peut-être un peu furieuse aussi, puisqu'elle lui en avait tellement voulu, et pendant tellement longtemps. Mais ça lui était passé, ces rêveries nocturnes, et avec elles aussi bien les questionnements que les colères. Et voilà qu'elle est attendrie et toute remuée parce que Stephen lui apprend qu'il est venu pour la voir.

Quand même, elle devrait s'interroger. Elle mène une existence équilibrée, elle emploie son temps à exercer un métier qui lui plaît, et dans lequel elle connaît une réussite certaine, elle a un amant adorable et compliqué, elle habite en lisière de l'océan. Comment se fait-il que le retour d'un amour vieux de cinq ans, quasiment mort et enterré dans son esprit, produise sur elle un tel effet ?

Elle a frémi lorsqu'il a prononcé sa tirade. Et maintenant, elle est encore tremblante. Elle espère qu'au moins, ça ne se remarque pas trop, qu'elle n'ajoute pas le grotesque au ridicule. Elle se fait l'effet d'être une midinette, une adolescente facilement impressionnable alors qu'elle se plaint parfois, mais toujours discrètement, de devoir fêter bientôt son trente-cinquième anniversaire. Elle a beau concevoir que certaines blessures ne se referment pas, comme on dit dans les nouvelles écrites à l'attention des lectrices de *Together*, elle est quand même effrayée de constater sa propre vulnérabilité.

Cet aveu-là était, somme toute, plus simple que le premier, estime Stephen. Il faut reconnaître que c'est plus facile de prononcer des paroles agréables que d'admettre ses erreurs passées. Il est exact qu'il a fait le détour pour la voir. Et aussi curieux que cela puisse paraître, il n'a pas du tout été étonné lorsque, après avoir garé sa voiture le long de la corniche, il s'est approché de la baie vitrée de chez Phillies et a aperçu Louise de dos, assise sur un tabouret, accoudée au bar, conversant négligemment avec Ben. Il les a observés, tous les deux, pendant quelques minutes, avant de se décider à pousser la porte. Il a retrouvé avec bonheur les gestes anciens du serveur en train d'essuyer ses verres mais surtout cette façon qu'a Louise de remettre du rouge sur ses lèvres. Il a eu le sentiment d'avoir toujours connu cela, et de les avoir quittés la veille. La permanence des choses l'a rassuré. C'est étrange : il aurait parié que Louise serait là.

Et c'est vrai qu'elle n'a pas changé, c'en est presque frappant : dans sa robe rouge, elle demeure celle qu'il a connue. Elle n'a pas tellement vieilli, mûri peut-être. En vérité, elle était déjà une femme affirmée au moment où il a fait sa rencontre. Cette affirmation de soi, c'est une chose qu'on porte sur soi, pour toute la vie, qui donne, une fois pour toutes, une allure, une densité. Il pourrait presque dire qu'elle était une femme définitive. Elle a juste éclairci un peu ses cheveux et ça lui va bien. Il a eu raison de « faire le détour ».

Le sourire est resté intact. Le léger sourire. C'est quelque chose qui ne se rectifie pas.

Ben pense aux mots qui sont difficiles à prononcer aujourd'hui et qui auraient été des mots anodins à une autre époque. Les intimités les plus violentes demandent à être apprivoisées à nouveau dès lors qu'elles ont été quittées. Il faut refaire tout le chemin une fois qu'on s'en est écartés, repartir de zéro lorsqu'on a perdu la partie, ne serait-ce qu'une fois. Ben est surpris par leur timidité à eux deux, par leur pudeur, par leur grande difficulté à inventer un dialogue, et même à poser leur voix, alors qu'ils ont été liés comme ne le sont que les amants, alors qu'ils savent absolument tout de l'autre, que rien ne leur est inconnu. Il est frappé par leur réserve, leur retenue, qui ressemble à un embarras. Il est touché par leur confusion alors qu'il les regarde tenter de réapprendre les gestes, de se réapproprier le passé. Il songe aux distances que les gens mettent entre eux, que le temps impose, aux précipices qui se creusent et dont on ignore comment les combler et les efforts que cela supposera. Il les voit, pour la première fois, qui tremblent. Ils ont l'incandescence des fantômes.

« C'est gentil d'énoncer les choses ainsi mais avoue qu'il y a de quoi être surpris, après un aussi long silence. »

Pour sûr, le silence aura été long. Comment Louise le qualifierait-elle précisément ? Un silence intégral ? Abyssal ? Spectaculaire ? Au fond, peu importent les adjectifs. Elle sait juste que rien ne pourrait surpasser ce silence.

Mais après tout, quoi d'étonnant à cela ? Ils se sont quittés en se jurant de ne jamais chercher à se revoir. Ou plus exactement, elle lui a ordonné de ne jamais chercher à la revoir. Une fois que la séparation a été consommée, c'est-à-dire formulée, il a fallu, sans délai, songer à l'après. Elle savait à quel point Stephen a sans cesse besoin de gagner sur tous les tableaux en même temps qu'il espère parvenir à ménager la chèvre et le chou en toutes circonstances et à ne pas insulter l'avenir. Lui, il aurait aimé, bien sûr, qu'ils continuent à se voir, à se fréquenter. Il aurait été jusqu'à prétendre, s'il l'avait fallu, qu'on peut parfaitement être amis après avoir été amants, qu'on est capables d'inventer un nouveau lien après s'être appartenus. Louise, elle, n'était pas le genre de fille à croire ça. Elle affirme que, lorsqu'une histoire est terminée, elle est effectivement terminée, sans espoir de retour de flamme, sans possibilité de recommencement. Alors, à l'époque, elle est allée jusqu'au bout de sa logique : quitte à rompre, autant rompre tout à fait. Elle a refusé les arrangements, les entre-deux, les illusions. Elle a préféré une souffrance éclatante à une interminable agonie, un chagrin entier d'emblée à des étapes dans la tristesse. Il a lutté, bien sûr, tenté de la convaincre qu'elle se trompait, que son intransigeance avait quelque chose d'excessif et de dangereux, qu'ils étaient des êtres doués d'intelligence et de raison, aptes à faire la part des choses. Elle a tenu bon malgré sa blessure, elle ne l'a pas écouté. Elle est même allée jusqu'à lui jurer que s'il lui prenait l'envie, un jour, de sonner à nouveau à sa porte, elle refermerait la porte sur lui, sans un mot, sans un regret, calmement mais sans faiblir.

Elle n'avait pas imaginé alors qu'ils se retrouveraient cinq années plus tard et que cela se produirait dans un café, par une fin d'après-midi. Ainsi, ça ne s'est pas passé comme elle l'avait envisagé. Sauf le silence.

Le silence, c'était une façon, aussi, d'affronter la désolation, de la saisir à bras-le-corps, sans biaiser. Pas d'homéopathie, des doses de cheval. De la souffrance en perfusion plutôt qu'en comprimés. Elle pensait : puisque tout est détruit, puisque a disparu jusqu'au plus minime espoir, puisque je suis dans la solitude intégrale, la plus grande dépossession, il suffit désormais de regarder devant, seulement devant. Si elle avait consenti à continuer à le fréquenter, elle n'aurait pas abdiqué toute espérance, et elle aurait abominablement souffert de le savoir là, tout près d'elle, sans qu'il puisse être à elle, souffert de le laisser repartir vers une autre qu'elle, de mesurer chaque jour davantage ce qu'elle avait perdu sans être en état, qui plus est, de se rendre disponible pour un homme neuf. Le mutisme, cela a été sa façon à elle d'accomplir son deuil, d'en terminer une bonne fois avec le passé. Elle croit qu'elle est allée au plus loin dans la brûlure amoureuse.

Ce mutisme, elle l'a imposé à tous, autour d'elle. Un jour, très vite après la séparation, elle a déclaré : nous ne ferons plus allusion à Stephen, plus la moindre. Elle a décidé, une fois pour toutes, que ce ne serait plus jamais un sujet de conversation, que ses proches seraient tout bonnement interdits de parler de ça, de parler de lui. Tous, sans exception, se sont exécutés. Pouvaient-ils vraiment agir autrement ? Ils auraient, à coup sûr, perdu son amitié s'ils avaient transgressé la règle édictée par Louise, et ils ne l'ignoraient pas. Ils se sont tus par lâcheté, par charité, par complaisance.

Oui, ses amis à elle ont abandonné pour toujours Stephen Townsend. Le jeune homme avait pourtant fait partie de leur vie, à eux aussi, pendant des années. Du reste, avant la rupture, Stephen était si présent qu'ils n'évoquaient plus Louise qu'en l'associant à lui. Tous parlaient de « Louise et Stephen », sans plus parvenir à les distinguer, à les dissocier. Et là, brutalement, on leur demandait instamment de renoncer à la moitié de ce couple, de renoncer à ce duo quasi légendaire pour n'en conserver que la partie féminine. Aucun n'a pris le risque de continuer à fréquenter Stephen. Certains auraient pu le faire, après tout. Le silence auquel on les contraignait, ils pouvaient l'observer tout en maintenant un lien avec l'amant disparu mais tous ont conclu, sans trop avoir à réfléchir, que c'était sans doute impossible et puisqu'on les priait, en leur forçant un peu la main, de choisir un camp, ils s'y sont tenus sans ambiguïté, sans atermoiement.

Elle ne minimise pas l'effort qu'elle leur a imposé, auquel elle les a astreints. Il y avait de l'excès dans son diktat, bien entendu, mais elle est convaincue que c'était le prix à payer pour demeurer vivante. Sans ce silence, elle croit qu'elle serait morte.

Elle sait mieux que personne ce que c'est que de devoir renoncer à être la moitié d'un couple, de ne plus entendre le prénom de l'autre toujours accolé au sien, de n'apposer sur les cartes postales des vacances que sa seule signature, de s'interdire de retourner dans les lieux qu'on n'a connus qu'à deux, de racheter les sortes de meubles que l'autre a emportés avec lui, de tomber par hasard sur des effets appartenant à l'autre oubliés dans la précipitation des déménagements. Elle estime que sa douleur valait bien ce sacrifice.

Stephen, de son côté, redoutait l'emploi par Louise de ce terme terrible : le silence. Pourtant, il devinait qu'il lui faudrait vraisemblablement l'affronter. Il n'oublie pas que c'est elle qui les y a condamnés – comment oublier ça ? – mais il ne peut pas nier que c'est lui qui vient de rompre cette promesse. Cinq années suffisent-elles pour prescrire un engagement de cette nature ? Il a la faiblesse de l'espérer. Évidemment, il comprend tout ce que ce mutisme porte en lui de reproches, de rancœurs, de rancunes, de chagrins, de tourments. Il ne néglige pas qu'à la place du silence, pour combler le silence, lui, il avait Rachel. Louise, elle, n'avait rien, ni personne. Il admet sans détour qu'au moment de la rupture, il avait le mauvais rôle mais la meilleure part.

Il s'est accommodé du silence à sa manière, c'est-à-dire en passant à autre chose, en s'investissant tête baissée dans sa nouvelle existence. Il a fait comme tous ces êtres qui ne sont pas entièrement certains d'avoir opéré le bon choix : il en a rajouté, il s'est gargarisé de ce choix, il a tout fait pour démontrer qu'il ne s'était pas trompé. En réalité, c'est lui seul qu'il a cherché à convaincre en étant à ce point démonstratif. Et puis, il reconnaît que Rachel a su magnifiquement tirer parti de la situation, qu'elle a remarquablement géré sa victoire, évitant d'écraser sa rivale d'hier, ne l'évoquant jamais, même involontairement, inventant pour lui un confort inédit afin qu'il soit en mesure d'évaluer la différence, ce qu'il avait gagné au change. Elle n'a pas eu de difficultés à le sortir de la routine dans laquelle Louise et lui étaient inévitablement tombés après cinq ans de vie commune, à lui offrir, sur un plateau d'argent, une relation pacifiée quand celle qu'il entretenait avec Louise était, par moments, explosive, orageuse, désordonnée. Elle lui a procuré une forme de sécurité, lui a permis de puiser ses forces dans les siennes. Elle l'a rassuré : en fin de compte, il ne demandait rien d'autre.

Il porte son verre à ses lèvres, on n'entend que le bruit des glaçons qui s'entrechoquent, il avale une gorgée de whisky. Sa pomme d'Adam monte puis redescend. On ne perçoit plus alors que ce bruit caractéristique de l'homme qui déglutit.

5.

Ben s'est approché d'une des fenêtres qui s'ouvrent sur l'océan. De là, il observe négligemment les bateaux qui croisent dans la baie, ceux qui rentrent au port. C'est un spectacle auquel il est habitué, auquel il pourrait ne plus prêter attention et qui, cependant, continue de l'émerveiller, comme les enfants le sont devant le sapin de Noël. Oui, c'est un émerveillement d'enfance. Avec le temps, il a appris à reconnaître certaines embarcations, à être impressionné par le yacht des Dawson, à s'amuser du bruit de ferraille du rafiot du vieux Carter, à apprécier la mécanique de précision du hors-bord de Ted Jackson. Il est rasséréné de savoir que c'est son monde à lui, même s'il n'est pas un homme de la mer. Il appartient à cette société du littoral, il a sa place parmi les gens de Cape Cod. Bien sûr, il n'est pas un milliardaire, il ne possède rien mais il se sent de cette communauté et aucun de ses voisins, quelle que soit sa condition, ne lui dénierait cette appartenance. Le soleil est encore assez haut alors que l'heure est avancée, mais c'est pour faire illusion quelques instants encore. D'ici peu, il deviendra rasant puis ira s'enfoncer, là-bas, dans l'océan tranquille.

Par intermittence, Ben jette de brefs coups d'œil vers la salle : il fait semblant de ne pas apercevoir, assis sur deux tabourets, accoudés au comptoir luisant, les deux fauves qui se font face, comme s'ils se préparaient à une attaque ou à une étreinte. Il les observe, sans se dévoiler, et il retrouve leur intimité d'avant, cette position du corps qui les identifie au premier regard, cette proximité qu'il leur a connue, cette manière de se pencher vers l'autre qui est autant un abandon qu'une méfiance, autant une reddition qu'une revendication de liberté. Leurs visages pourraient se frôler mais c'est comme s'ils s'ignoraient. Leurs mains pourraient se rejoindre mais ils optent, inconsciemment ou pas, pour l'immobilité, les peaux pourraient entrer en contact mais ils prennent garde de ne pas faire, surtout pas, un faux mouvement. Et, au fond, lorsqu'ils vivaient ensemble, ils se comportaient déjà ainsi, toujours au bord de s'enlacer et toujours jaloux de leur indépendance. C'est vrai qu'ils n'ont pas changé, qu'ils ressemblent à ceux qu'ils ont été. Ben les abandonne pour s'en retourner à l'océan.

« Tu estimes que j'ai eu tort ? Tort de venir, je veux dire ?

— Je ne sais pas. Comment savoir ? »

Évidemment, elle ne sait pas. D'abord, elle ne s'était pas ouvertement posé la question de sa venue, de sa réapparition. Sans doute s'y était-elle même refusée. Elle ne s'était jamais vraiment figuré que Stephen Townsend pourrait, un jour, réapparaître. Depuis des années, elle vit sans lui. Plus que cela, elle vit en dehors de lui. Son absence a même acquis une consistance, c'est une chose qu'elle voit, qu'elle considère comme on considère un objet, qu'elle a posée à part d'elle, à côté d'elle, qui a une forme, une essence, et qu'elle a travaillé à réduire, à éloigner d'elle chaque jour davantage. C'est devenu un point minuscule, qu'elle peut à peine distinguer, qui lui saute aux yeux certains soirs mais qu'elle est capable d'ignorer pendant des semaines. Elle a cherché, et presque réussi, à le restreindre, le contenir, le ramasser. Et voilà qu'il est là, devant elle, ce point minuscule, qui grossit, qui reprend sa taille initiale, voilà qu'il bouge comme un enfant dans le ventre d'une femme, qu'il acquiert une existence propre, voilà que l'absence, tel le monstre du docteur Frankenstein, échappe à son créateur et réclame de redevenir une présence, voilà que Stephen reprend sa place. Non, pour sûr, elle ne s'était pas préparée à ça.

Elle n'est donc pas apte à répondre à sa question. Pour fournir des réponses, il faut au moins concevoir que les questions puissent, un jour, se poser. Dès lors qu'on admet qu'elle n'a pas envisagé son retour, c'est aveuglant à quel point elle n'est pas en mesure d'énoncer si Stephen a raison ou bien tort. Louise veut bien réfléchir à l'interrogation devant laquelle on la flanque, mais elle réclame du temps. Elle réclame de la tranquillité pour s'approprier cette interrogation, pour remettre de l'ordre dans ses idées tout simplement. Pour l'heure, elle choisit de répondre à côté, de désappointer Stephen mais le mutisme vaut mieux qu'une approximation, n'est-ce pas ? Et le mystère lui-même est préférable au mensonge, non ?

Lui, il se repent de sa question, aussitôt posée. Décidément, ses répliques ne sont pas très heureuses, aujourd'hui. Il a parfaitement conscience qu'il ne doit pas brusquer Louise, que la brusquer est le plus sûr moyen de la conduire à rentrer dans sa coquille. Et la seule idée qu'il ait trouvée, c'est de l'interroger sur l'opportunité de leurs retrouvailles ! Vraiment, parfois, il se battrait. Lui, dont on vante la maîtrise et la diplomatie, est capable des plus grandes maladresses, de la plus effarante gaucherie. À sa décharge, c'est vrai qu'il n'est pas négligeable pour lui d'obtenir la réponse à la question qu'il pose. Si Louise estime, en effet, qu'il n'a rien à faire là, que son retour est une provocation, ou une erreur, il ne sert sans doute à rien de prolonger la conversation. D'ailleurs, il n'est pas homme à s'incruster. Il est quelquefois balourd mais il s'efforce au moins de n'être pas inélégant. Pour le moment, c'est raté : elle ne répondra pas. Il veut trouver un motif d'espoir et assimiler à une bonne nouvelle le seul fait qu'elle ne l'ait pas éconduit, qu'elle ne l'ait pas jeté dehors. Il se souvient comme elle a souffert, il entend encore les reproches qu'elle lui a adressés : elle aurait pu avoir davantage de mémoire et refuser toute idée de dialogue avec lui. S'il se trouve encore chez Phillies, c'est qu'elle ne le déteste pas tout à fait, et que sa bonne étoile ne l'a pas abandonné.

« Pardonne-moi : c'était sans doute une question déplacée...
— Sans doute. »

Elle ne lui passe rien. Elle demeure sur ses gardes, méfiante, vigilante. Elle n'est pas de ces femmes qui s'offrent, sur un coup de tête. Ou plutôt elle n'est plus de ces femmes-là. Elle a appris à ne plus l'être. Elle l'a appris brutalement. Elle a retenu la leçon. Désormais, on lui fait régulièrement grief de sa froideur, de sa distance, de son incapacité à se livrer totalement, de cette sorte de repli sur soi qui découragе même les meilleures volontés. Elle met ça sur le compte de l'écriture. Elle prétend qu'il faut être au-dedans de soi pour écrire, que ça ne laisse pas beaucoup de place pour les autres. Elle met en avant son métier pour expliquer sa solitude. Existe-t-il acte plus solitaire que l'acte d'écrire ? Elle, elle sait très bien qu'elle ment. Mais les autres, ils la croient. Au moins, ils font semblant.

Non, elle ne veut pas que Stephen pense que ça va être facile pour lui, qu'il lui suffit de débarquer, « bonjour, c'est moi », pour qu'à nouveau tout soit comme avant, pour que tout reprenne sa place comme s'il n'était rien arrivé, comme s'il n'y avait pas eu les révélations inaudibles, les explications douloureuses, les larmes, les cris, les récriminations, comme s'il n'y avait pas eu la souffrance, le manque, le supplice, la rage, comme s'il n'y avait pas eu les errances, les errements, les soirs de détresse et les matins presque infranchissables. Il ne peut pas escompter effacer tout cela, dont il est l'unique cause, espérer l'absolution, le pardon, l'oubli. Ce serait injuste. Pour tout dire, ce serait, dans l'esprit de Louise, accorder une prime à la malfaisance, récompenser la trahison. Elle est incapable d'une telle clémence, qu'elle prendrait pour de la complaisance. Dans son esprit, il n'est pas attitude plus haïssable que la complaisance.

Elle croit qu'elle est, sinon en position de force, au moins en situation d'observation, d'attente. Elle, elle n'a rien sollicité, elle n'a pas posé d'acte, pas formulé implicitement une demande. Elle s'est tenue à son silence avec une rectitude qui forcerait l'admiration si la rectitude était admirable. Après tout, c'est Stephen qui fait un geste, qui vient vers elle. Elle consent à le laisser venir. Il ne faut pas exiger davantage d'elle, pour l'heure. Et puis, elle ne voit pas d'un mauvais œil de ne pas lui rendre les choses faciles. Il est des revanches qu'il ne faut pas s'interdire, dont on ne doit pas avoir honte. Il est de menus châtiments qui consolent.

De l'autre côté de la baie, le soleil résiste. Il semble tenir bon dans le ciel plus longtemps qu'à l'habitude. On a déjà commencé, pourtant, à s'habituer à ces soirées qui sentent l'automne, aux jours qui raccourcissent, à la fraîcheur qui vient plus vite mais là, c'est comme si on avait encore l'été, encore la lumière vive et chaude, encore les reflets violents sur l'océan. C'est comme si ce dimanche de septembre essayait, d'une ultime tentative, de retenir l'été qui s'en va.

« Si tu souhaites que je parte, tu n'as qu'un mot à dire, tu sais. Nous nous connaissons trop bien, toi et moi, pour nous jouer la comédie, tu ne crois pas ? »

Voilà, c'est cela, sa dernière trouvaille, ce qui s'est imposé à lui : cette menace voilée, ce chantage qui n'avouerait pas son nom, un défi qu'il lui lance. Et, bien sûr, il choisit le moyen de la perversité absolue, indépassable : il la prie de décider, il lui enjoint de choisir. Il la plante devant sa responsabilité, devant son désir. C'est en cela que, parfois, les hommes sont plus forts que les femmes. Quand ils décident de jouer avec leur désir à elles, quand il leur prend l'idée de les obliger à l'assumer, ce désir, à l'énoncer, il n'y a pas plus fort qu'eux. C'est une puissance inégalable, la puissance des hommes dans ces cas-là. Ils adorent ça, les hommes : forcer les femmes à avouer leur désir d'eux, à le dévoiler. Quand ils se livrent à cet exercice, c'est parce qu'ils savent pertinemment qu'ils ne courent pas de risques, que la confession est obligatoire. Les hommes ont le don pour placer les femmes en situation d'infériorité, de dépendance. Ils ont ce savoir d'éternité, que nul ne leur conteste. Ils agissent avec une ingénuité qui ne trompe personne, avec une apparence d'innocence qui dissimule mal leur culpabilité. Ils se défendent mollement, sourire en coin et regard qui frise, du mauvais tour qu'ils jouent. Ils sont comme des enfants : ils ont leur méchanceté. La pureté en moins.

Stephen estime que Louise n'a pas le choix. Tout à coup, c'est évident pour lui. Dès l'instant où elle ne l'a pas chassé, elle a admis sa présence à lui, elle a concédé implicitement qu'elle acceptait cette présence, elle en a fait quelque chose d'acquis, d'incontournable, sur quoi on ne reviendrait pas. Alors, il force sa chance. Il pousse Louise à reconnaître qu'elle souhaite, au fond d'elle, qu'il ne parte pas, qu'il reste. Lui aussi, il a bien droit à des victoires.

En prononçant sa phrase, il a recouvré, d'instinct, le ton cajoleur, faussement contrit de ceux qui réclament une punition en étant certains d'y échapper. Elle, bien sûr, elle a flairé le piège, elle a identifié tout de suite l'intonation doucereuse, le regard en coin, la tête penchée des demandes qu'elle ne savait pas lui refuser. Elle a reniflé la manigance. Elle admet que c'est un beau coup, de ceux qu'on salue. Le panache de sa supplication mérite assurément d'être récompensé. Elle déteste devoir plier mais elle se prépare à plier avec grâce, pour se situer au moins au niveau où il a placé la barre.

« Non, reste : tu as fait un si long chemin pour venir jusqu'ici... »

On devrait toujours se montrer ironique dans les moments où on se retrouve en difficulté :

Louise théorise. Les traits de l'esprit, en effet, sauvent quelquefois les situations les plus compromises. En étant narquoise, elle tente de s'extraire de l'ornière où il a cherché à la pousser. Sa désinvolture et sa causticité lui paraissent les meilleurs moyens pour désamorcer la grenade qu'il lui a lancée entre les mains. Cela sert, la mécanique du théâtre, l'art de tourner des formules comme des échappatoires. Elle connaît son métier : elle est une bonne professionnelle.

Et aussi, elle pense sincèrement que c'est un bien long chemin que celui qu'il a parcouru, qu'il lui en a fallu du temps, du courage sans doute, une forme d'abnégation, et puis la faculté de surmonter son amour-propre, son orgueil et de s'oublier soi-même. Car enfin, s'il se tient là, devant elle, après ce qu'ils ont vécu, après ce qu'il lui a fait subir, après ce qu'elle lui avait prédit et qui s'est réalisé, c'est aussi parce qu'il prend sur lui, qu'il jette un voile délicat sur sa superbe, qu'il en rabat de sa fierté. C'est lui, en réalité, qui s'expose, qui s'offre aux coups, lui qui a fait le premier pas. Elle est à la fois intriguée, admirative et confondue par ce geste qu'il accomplit dans sa direction, cette tentative de la rejoindre, qui exige une sorte de dénuement. Elle, elle n'aurait jamais fait ça, elle n'aurait pas renoncé à son silence. Elle avait prévu de s'en tenir irrémédiablement à la décision prise il y a cinq ans. Elle n'aurait pas failli, elle se connaît.

En fait, il parvient encore à la surprendre. Elle en sourirait presque. Elle est joyeuse de constater que ça ne l'a pas quitté, cette propension à étonner, à n'être jamais tout à fait où on l'attend, ni celui qu'on attend. C'est d'ailleurs ce décalage qui l'a frappée, en premier, qui l'a séduite, elle peut dire le mot. Elle a été attirée par ce jeune homme dans son costume bien coupé d'étudiant sérieux, par ce dandy, coqueluche de Harvard, capable des pitreries les plus inattendues, des comportements les plus excentriques, par son énergie folle, sa vivacité de tous les instants, son perpétuel mouvement, ses mauvais jeux de mots, ses rires énormes, par cette lueur dans le regard comme la promesse de lendemains toujours inédits. Elle ne s'attendait pas à trouver cela chez lui, que tout prédestinait à la rigueur, à l'exemplarité, à la grisaille. Elle a aimé d'emblée ses couleurs, ses ardeurs, son insouciance, sa légèreté, sa futilité. Il prétendait d'ailleurs que l'essentiel, c'était la futilité et promettait de mener sa vie sur ce principe un tantinet loufoque. Pour un peu, elle, la comédienne, le symbole de la précarité, de la liberté, de la ferveur, serait passée pour une coincée, une rabat-joie. Pour un peu, on l'aurait accusée, elle, de fadeur, d'insipidité, tant à côté d'elle, il se montrait facétieux. En somme, il était le relief et, si elle n'y avait pris garde, elle aurait figuré la plaine. Non, sur ce plan, il n'a pas changé : il est encore capable de la décontenancer avec ses questions imprévisibles, de l'enchanter par son audace, de la charmer en acceptant de la sorte d'apparaître vulnérable.

Comme s'il avait suivi le cheminement de la pensée de Louise, Ben constate que, si la beauté peut passer ou lasser, si elle peut s'estomper ou finir par ennuyer, le charme, en revanche, ça ne part jamais, c'est là, pour toujours, ça reste, intact. Louise et Stephen ont égaré un peu de leur jeunesse, la peau a perdu un peu de son éclat, les gestes sont devenus plus lents, plus lourds, moins enfantins, le ton de la voix s'est posé mais le charme n'a pas varié. Leur capacité de séduction n'a pas été entamée. Il les revoit, non comme il les a vus, mais comme il les a aimés. Ils sont resplendissants et il est pris de l'envie folle d'être leur ami, *à tous les deux*, à nouveau.

6.

La porte du café tinte. Il semble à Ben que ce tintement lui vient aux oreilles pour la première fois, tant il lui donne la sensation de perturber la tranquillité étrange de l'établissement. Pourtant, il n'a pas connu d'autre tintement que celui-ci depuis qu'il a pris son service ici. La vieille Phillies, qui est si près de ses dollars, a dû installer cette sonnerie une fois pour toutes, au commencement du monde, et elle se figure que les choses demeureront en l'état jusqu'à sa mort. Elle n'est pas dépensière, encore moins changeante, elle est arc-boutée sur ses habitudes et elle raconte que, pour les clients, c'est exactement pareil. Bien sûr, elle conçoit, que, par moments, quand ça entre et ça sort, de façon presque ininterrompue, on trouve cet écho un peu irritant, comme l'est, par exemple, le crissement d'un ongle sur un tableau ou une crucifixion, mais c'est aussi un signe de distinction et un signal de ralliement. Les lieux doivent être identifiés. Leurs bruits servent aussi à les identifier. Un peu court comme explication mais Ben ne s'est pas aventuré à en demander une autre.

C'est le vieux Carter qui remonte du port. Il a amarré son bateau et, avant de rentrer chez lui, où personne, du reste, ne l'attend, il passe dire un petit bonjour et boire une bière. Il prétend que ça conserve, la bière. Il en boit depuis cinquante ans et qui oserait objecter qu'il n'est pas en pleine forme ? Personne, évidemment, ne songe à le contredire même si chacun s'attend à apprendre son naufrage en mer, d'un jour à l'autre, tant sa navigation est devenue hasardeuse. On spécule sur ses chances de revenir vivant de sa prochaine pêche au large et on s'étonne de son endurance et de sa longévité. On murmure qu'il a vraiment beaucoup de chance et que les dieux doivent veiller sur lui et l'accompagner dans ses sorties. En tout cas, Carter s'évertue à déjouer les pronostics et, même s'il titube, il tient encore debout et n'a pas dit son dernier mot.

Il se dirige vers le comptoir et s'approche de Louise pour l'embrasser. Ils ne savent plus, ni l'un ni l'autre, quand ça a commencé, cette cérémonie des embrassades mais ils s'y tiennent, ils n'y dérogent en aucune circonstance. Ils font juste ça, s'embrasser, ils n'échangent pas trois mots, ou alors ils parlent de la pluie ou du beau temps, du bateau et de l'océan, jamais des pièces de théâtre. C'est devenu comme une coutume. Il y a cette familiarité entre eux, qu'ils n'expliquent pas, cette pratique qui relève du rituel. Louise est convaincue que les cafés sont les derniers endroits pour ce genre d'intimité. Elle n'y renoncerait pour rien au monde.

Un peu de rouge s'est accroché à la peau rugueuse de Carter. C'est une marque incongrue sur son visage. Une tache de sang.

Cette intrusion la ramène, en un éclair, à Norman. C'est lui qui aurait dû pénétrer dans le café, plutôt que le vieux Carter. Si Stephen ne perturbait pas son attente, elle finirait par perdre patience. Une partie importante de sa vie se joue et elle aimerait bien obtenir la confirmation qu'elle a gagné. Car si on décide d'énoncer les choses simplement, on peut dire que ce que Norman a à faire, en ce dimanche ordinaire, c'est de quitter sa femme, qui se trouve être, par ailleurs, la mère de ses enfants. Rien de plus, rien de moins.

Des mois qu'il en parle. Louise, elle, n'a rien exigé : elle a décidé, un jour d'il y a cinq ans, de ne plus rien exiger des hommes. C'est Norman qui en a parlé le premier, qui a proposé spontanément de mettre fin à cette situation interlope, d'en terminer avec les mensonges à son épouse légitime, avec les rendez-vous clandestins, avec les téléphones qu'on raccroche précipitamment et Louise qui reste arrimée à un combiné qui lui balance dans l'oreille la sonnerie d'une ligne occupée. Un jour, il a jugé que ça ne pouvait plus durer, le secret, la dissimulation, les étreintes qu'on écourte parce qu'il faut rejoindre le domicile conjugal, les nuits qu'on commence et qu'on ne finit jamais ensemble, les baisers sur le pas des portes, les contretemps de dernière minute, les excuses que même un enfant ne croirait pas, les explications vaseuses, les justifications humiliantes. Il a considéré qu'il fallait clarifier ça, une fois pour toutes, cesser les faux-semblants et dire la vérité, la vérité toute nue, toute douloureuse, aller jusqu'à la rupture, jusqu'à la séparation, à l'abandon. Louise se souvient que, lorsqu'elle a entendu Norman déclamer sa tirade comme on ne le fait plus guère qu'au théâtre, elle ignorait tout à fait si elle était celle qu'on quittait, ou celle pour qui on quittait. C'est seulement à la fin, lorsqu'elle a entendu son prénom accolé à « je veux vivre avec toi », qu'elle a admis avoir été choisie. Le suspense lui a paru long alors, elle le concède bien volontiers, et un peu crispant. À la fin donc, lorsqu'elle a su qu'elle n'avait pas perdu, elle en a été soulagée, mais pas autant qu'elle l'aurait espéré. Ses craintes d'avant la révélation avaient amoindri l'effet de la bonne nouvelle qui lui était délivrée.

Elle a déclaré qu'elle était heureuse d'avoir été choisie. Et puis, elle n'a plus rien dit d'autre. Norman a été un peu décontenancé de constater qu'il n'y avait pas un débordement, pas une joie énorme. Pas un ravissement ou une délivrance. Pas même la plus petite marque de reconnaissance. C'est ça : une gratitude. Il a dû penser que Louise ne s'attendait pas à ce qu'il venait de lui révéler. En réalité, il ne pouvait pas savoir qu'elle avait été choisie, en d'autres temps, avant que l'homme qui lui avait certifié qu'il l'aimait se rétracte et la quitte pour une autre. L'homme, c'était Stephen, bien entendu, et l'autre femme, c'était Rachel Monroe, devenue Mme Townsend au bout de quelques mois. Il est des souvenirs qui vous gâchent le goût de vos plaisirs.

Depuis l'annonce par Norman qu'il va se séparer de sa femme, qu'il va mettre un terme à ce miraculeux mariage qui tient depuis huit années, Louise attend que cela se produise. Puisqu'on lui a gentiment offert cette perspective, elle attend de la voir se concrétiser. Et l'impatience l'a vite gagnée. Nous sommes ainsi faits : une fois qu'on nous a indiqué quel cadeau nous allons recevoir, nous ne brûlons que d'une seule envie, c'est de le recevoir, et au plus vite, même si la date de l'anniversaire est encore lointaine. Devant l'ultimatum implicite qu'elle lui a adressé, Norman a fini par s'incliner et a promis, juré qu'il s'exécuterait ce dimanche, précisément. Il a annoncé cela avec la plus extrême gravité, presque une grandiloquence, comme seuls savent le faire les plus mauvais tragédiens. On aurait presque entendu, venue de derrière lui, une sonnerie aux morts, oui, une musique funèbre. Norman qui, à l'occasion, sait être un bon acteur sur scène est désarmant de médiocrité et de fausseté dès qu'il s'agit pour lui de jouer dans la vraie vie. Elle a failli rire mais elle s'est retenue : le sujet était bien trop sérieux.

En ce moment, elle essaie de l'imaginer, penaud devant Catherine, expliquant qu'il aime une autre femme, qu'il entretient avec cette autre femme une relation depuis presque un an maintenant, qu'il a décidé d'aller vivre avec elle pour de bon, et qu'il quitte le domicile conjugal. Bien sûr, ça n'a rien à voir avec elle, Catherine, qui est une bonne épouse et une mère admirable – Norman sait quelquefois se montrer d'une remarquable lâcheté – mais avec la vie qu'ils mènent, qui ne lui convient plus et qui est surtout beaucoup moins inventive, beaucoup moins enflammée que celle qui s'offre à lui. Il espère que chacun saura se montrer raisonnable, que cette séparation se fera dans des conditions de grande dignité, que nul n'aura à en pâtir, et surtout pas les enfants, qui sont la prunelle de ses yeux. Ah, un détail qu'il allait omettre : l'autre femme, c'est Louise. Louise, quoi ! Louise Cooper. À cet instant précis, si les choses se sont bien passées jusque-là, ce dont on peut légitimement douter, Catherine s'effondrera. On est toujours trahi par ses amis les plus proches, pensera-t-elle, et Louise lui confirmerait que c'est rigoureusement exact si on songeait à l'interroger, ce qu'on ne fera pas.

Louise ne croit pas une seconde au beau scénario huilé de Norman : elle sait qu'il y aura des cris, des révoltes, des implorations, des éclats de voix, des silences réprobateurs, des œillades tour à tour noires ou charmeuses, des prières, des jurons, un vacarme pratiquement indescriptible. Elle aperçoit déjà les reculades, les impuissances, les dénégations, les murmures, les promesses de Norman. Louise ne sera tranquille que lorsqu'il se présentera dans ce maudit café, un sourire triste aux lèvres.

Le vieux Carter plisse ses yeux et lève dans sa direction le verre que Ben, revenu derrière son comptoir, lui a servi, il fait ce geste, de porter un toast au vide, comme pour signifier qu'il aurait suivi pas à pas le cheminement de sa pensée. Il a une expression énigmatique, comme en ont parfois les vieillards et les alcooliques, dont on ne sait pas distinctement si elles constituent une preuve de leur hébétude ou une marque de leur complicité. Doit-elle cette attention à l'ivresse qui est la sienne à l'instant de cet étrange salut ou à l'affection sincère qu'il lui porte ? Elle ne se hasarderait pas à fournir une réponse. En revanche, elle est presque certaine, contre l'évidence, que Carter, en cette seconde cruciale, la comprend mieux que quiconque.

Pendant ce temps, Stephen est frappé par la capacité de Louise à rentrer tout à coup, sans prévenir, en elle-même, à s'extraire de son environnement et à rejoindre un isolement qui la rend momentanément inaccessible. Depuis que ce vieux poivrot a débarqué chez Phillies, depuis qu'il s'est jeté sur elle pour se frotter à ses joues, il observe très nettement que Louise s'est éloignée, qu'elle est partie dans ses pensées, qu'elle vagabonde là où on ne concevrait même pas d'aller la chercher. Cela, Stephen l'avait presque oublié : il avait presque occulté la propension de la jeune femme à s'abstraire du réel, peut-être parce que cette attitude l'a toujours agacé, parce qu'il ne l'a jamais vraiment comprise et donc admise. Cela lui a toujours semblé une inélégance, un manque de tact, presque un mépris, une manière de tenir les autres à distance sans rien leur expliquer de cette brutale et inattendue mise à l'écart. Il lui en a voulu pour ça, le lui a dit quelquefois mais elle n'y a pas renoncé pour autant.

Et subitement, ça lui revient. Il se rend compte à cette occasion qu'il n'a sans doute conservé d'elle que ses bons côtés, et qu'il a effacé, inconsciemment ou non, les autres. Il a fait d'elle un être idéal, dénué de défauts, de déficiences, de difformités. Au fond, avec le temps, les images d'hier sont devenues imprécises, simplificatrices. Ce qui surnage, c'est le bonheur des années passées ensemble et l'apparence d'un être presque irréprochable. Du reste, à ceux qui l'interrogent encore sur sa vie d'avant avec elle, il raconte une histoire embellie, qui n'a plus grand-chose à voir avec la vérité. Louise vient de ramener Stephen dans le réel.

Ben, de son côté, paraît absorbé par la lecture du *Chatham Chronicle*, une infâme feuille de chou qui se contente de nouvelles locales, qui annonce les disparitions comme les aboyeurs à l'entrée des soirées mondaines de Boston, qui revient sur les trophées des uns et les déconvenues des autres, qui dissèque comme personne la vie ordinaire de gens ordinaires. Ben ne raterait un numéro – c'est un hebdomadaire – pour rien au monde. Il a aussi cette habitude en commun avec Louise qui prétend qu'elle puise la substance de ses pièces ou de certains de ses personnages dans le récit sentencieux des non-événements de la ville de Chatham dont le *Chronicle* s'est fait une spécialité. Les fesses posées sur le rebord de son évier, tournant le dos à la salle, penché sur les caractères presque illisibles, Ben est indifférent au monde. Carter l'a bien compris qui attendra pour réclamer une autre bière. Louise et Stephen peuvent donc en revenir à leurs retrouvailles.

7.

« Oui, le chemin a été long pour venir jusqu'ici mais alors que toi, tu dirais que j'ai pris la route il y a cinq ans, moi, je raconterais que j'ai entamé ce chemin il y a dix ans, à notre première rencontre. C'était à Cape Cod déjà. »

Lorsqu'ils surprennent la phrase prononcée par Stephen, qu'il a dû travailler, répéter par-devers lui, ce renvoi saisissant au passé, sans se concerter, et sans que personne n'y prenne garde, Ben et Carter s'adressent un bref regard de connivence. En vérité, on peut, sans peine, lire d'un œil le *Chatham Chronicle* et écouter d'une oreille les conversations avoisinantes, surtout quand elles se résument à une formule composée visiblement pour retenir l'attention. De même, on est tout à fait en mesure de boire distraitement une bière et de capter la tension qui est dans l'air qu'on respire. Le barman et le pêcheur se retrouvent, l'espace d'une seconde, sur la même longueur d'onde. Ils cherchent à s'assurer, chacun, que l'autre ne manque rien de ce qui est en train d'arriver. Et puis, presque aussitôt, ils s'en retournent, l'un à son journal, l'autre à son remontant. Le café résonne encore des mots de Stephen.

Et lui, précisément, il pense qu'il faut du cran pour prononcer une phrase comme celle-là. Qu'il y a une manière de courage à évoquer, comme il le fait, dans la même formule, à la fois leur rencontre et leur rupture. Bien sûr, il ne nomme pas exactement ces événements de leur vie d'avant, mais la référence aux dates ne trompe pas, elle est éloquente, elle parle pour lui. En quelques mots, il ramasse leurs années décisives, il balaye tout ce temps qui a été le leur et il tente de lui faire comprendre que le temps traversé en dehors d'elle n'a pas été traversé sans elle. Ce faisant, il pointe leurs différences. Louise et Stephen ont les mêmes souvenirs mais ils n'auraient vraisemblablement pas la même façon de les raconter. Lui, il a choisi de se rappeler les jours du bonheur plutôt que ceux de la souffrance, la ferveur des commencements plutôt que la petitesse des fins. Mais, pour lui, c'est la même histoire qui continue, rien ne disparaît et, malgré les césures, les fractures, les lignes se poursuivent. En dépit des soubresauts, c'est toujours le même chemin qu'on foule.

Leur première rencontre : ça alors ! Louise n'osait pas imaginer que Stephen évoquerait ce souvenir. Elle n'est d'ailleurs pas persuadée qu'ils ont tout à fait les mêmes souvenirs. Ni qu'ils ont tout le temps vécu la même histoire. Sur ce point, néanmoins, ils se rejoignent : leur première rencontre s'est, en effet, produite non loin de Chatham. À Hyannis, en réalité. Elle s'y rendait pour la première fois. Elle arrivait de Boston. Elle avait suivi, en voiture, la route 6 de Sagamore Bridge. Elle était un peu excitée à l'idée de visiter Hyannis Port, où se trouve la résidence de vacances des Kennedy. Elle admet que c'était un peu ridicule mais elle n'avait jamais pu s'empêcher de penser que les Kennedy sont un peu la famille royale de l'Amérique et que Hyannis Port est aux Américains ce que Balmoral est aux Anglais. Elle avait envie de voir de ses propres yeux la fameuse maison qu'elle avait admirée le long des pages glacées des magazines glamour. Oui, un rêve de midinette, elle n'a pas honte de le confesser. Elle n'avait pas vingt-cinq ans, après tout. À l'angle de Scudder et Irving Avenues, elle avait réalisé ce rêve. C'est la demeure du père, de Joseph, qui donne sur la plage, qui l'avait le plus impressionnée, à l'époque. Aujourd'hui, elle dirait simplement que le centre de Hyannis ne présente aucun intérêt, que la propriété des Kennedy n'est qu'un piège à touristes et qu'il n'y a rien à sauver de cette ville, sauf la plage.

Les plages sont, du reste, les seuls lieux qui ne nous déçoivent jamais et que la mémoire ne salit pas.

Louise se rendait à Hyannis avec des amis à l'invitation d'une comédienne avec laquelle elle jouait dans une pièce à laquelle personne ne songeait à assister. Cette comédienne dont elle a oublié le nom, mais ça va lui revenir, organisait une fête d'anniversaire et y avait convié la moitié de Boston, au bas mot. Dans cette moitié-là, il y avait Stephen Townsend qui, pour l'occasion, était venu en voisin puisqu'il séjournait régulièrement le week-end dans la résidence secondaire de ses parents. Dans la foule, elle ne l'avait pas particulièrement remarqué. Elle est encore surprise de se remémorer qu'ils avaient roulé ensemble dans les draps dès cette nuit-là.

Ils ont donc fait connaissance de la manière la plus banale qui soit : dans une soirée, comme des milliers de gens avant eux, des milliers après eux. Le caractère brillant, virevoltant du couple qu'ils s'apprêtaient à former aurait, sans doute, exigé un début plus spectaculaire, de ceux qu'on raconte encore des années après, devant des convives attentifs. On imaginerait volontiers une rencontre improbable sous des cieux lointains et exotiques, ou un coup de foudre violent et indiscutable, ou des circonstances exceptionnelles, mais non, rien de tout ça. Louise s'est évertuée à rappeler que leur histoire ne possédait pas l'originalité qu'on s'acharnait à lui conférer, comme s'il fallait en permanence que les choses soient admirables, éclatantes, glorieuses, mirifiques, nécessairement sans pareil. Eux-mêmes ne lui ont jamais paru tellement différents de tous ceux parmi leurs amis qui, un jour, ont construit un couple. Elle n'a jamais compris pourquoi on a choisi de les asseoir sur un piédestal, dans la lumière. Ils n'y avaient pas particulièrement leur place.

Évidemment, pour elle, et pour lui, cette histoire était originale, précieuse, rare. Elle était singulière. C'était leur histoire.

Donc, il n'y a pas eu de coup de foudre. Plutôt une montée lente du désir. Bien sûr, ils ont fait l'amour dès la première nuit mais leur attirance réciproque s'est forgée sur plusieurs semaines. Passé l'étape sexuelle, il leur restait, en effet, à décider s'ils pouvaient être quelque chose, l'un pour l'autre. En réalité, ça s'est insinué peu à peu, ça a été une conquête progressive. Louise a bien observé les jolies et maladroites tentatives de séduction de Stephen · difficile de ne pas les remarquer. Cet homme qu'on admire aujourd'hui pour son assurance, son sang-froid, se conduisait alors comme un petit enfant, ou comme un adolescent désorienté, accumulant les bourdes, rougissant à la manière des communiants, se trompant dans les dates de rendez-vous et perdant ensuite des heures à se justifier ou à demander pardon. Louise, de son côté, consent à admettre qu'elle a bien dû, elle aussi, se montrer gauche, commettre des impairs. En résumé, ils ont connu des débuts claudicants.

Et, un jour, ils ont su que c'était là, d'un savoir écrasant. Cette évidence s'est imposée à eux. Ils n'ont pas eu besoin de la formuler : ils ont compris ce que c'était. Louise prétend que cette révélation a été simultanée, qu'elle s'est produite à la même époque pour chacun d'eux. Elle ne la relie pourtant à aucun fait précis, à aucun événement. Il n'est rien advenu qui aurait permis que les choses prennent subitement un tour définitif. Simplement, ils se sont mis à « être ensemble » et n'ont plus envisagé d'être dissociés.

Les premiers temps ont été merveilleux pour elle. Si elle accomplit un effort de mémoire, elle ne pourra se souvenir que du bonheur, un bonheur éclatant, qui la décontenançait par son naturel et sa simplicité. C'est comme s'il s'était produit dans sa vie ce qu'elle avait toujours attendu, mais sans jamais le formuler car elle n'était pas de ces jeunes filles qui se projettent dans l'avenir, qui spéculent très tôt à propos de celui qui les accompagnera. Elle, elle avait pensé, dès l'adolescence, que ça se produirait un jour, mais elle n'avait rien fait pour ça, elle n'avait pas cherché à être particulièrement séduisante ni vigilante, elle s'était convaincue qu'il suffisait d'attendre et elle n'avait rien imaginé, elle ignorait ce à quoi ça ressemblerait. Elle savait juste qu'après les passades, les liaisons d'une nuit, les amourettes sans lendemain, les histoires de quelques semaines, et les célibats de quelques mois, il viendrait, le temps du grand amour, celui qui dure, celui qu'on veut garder avec soi, qu'on a peur de perdre, qu'on tâche de consolider à chaque instant. Cet amour-là, qui aide à comprendre pourquoi on est vivant, voilà qu'il lui était donné, dans l'année de ses vingt-cinq ans. Ni trop tôt, ni trop tard : c'est ce qu'elle avait estimé, de façon un peu absurde. Et il lui était donné après une période d'abstinence, ce qui lui conférait une saveur supplémentaire. Il ne lui avait fallu que quelques mois pour finir par croire que ça durerait toujours.

Si on la pressait de dire aujourd'hui pourquoi elle l'aimait alors, elle répondrait d'abord qu'elle ne le sait pas précisément. Et puis elle finirait par dire que c'était sûrement à cause de la douceur.

Et aussi elle avait l'impression de ne rien risquer avec Stephen, de ne rien avoir à redouter, elle se sentait en sécurité, n'ayant pas besoin de se poser de questions, bénéficiant de la plus grande liberté, n'ayant rien abdiqué de son indépendance. Dans le même temps, ils menaient une existence agitée, débridée, exténuante. Elle se sentait légère, frivole. Stephen lui permettait d'être celle qu'elle désirait être et elle lui en était reconnaissante.

« C'est curieux comme les choses ont l'air facile quand c'est toi qui les racontes. »

Oui, tout paraît simple comme un bonsoir, quand Stephen prend la parole. Louise a toujours été frappée par son extraordinaire faculté à surmonter ou à ignorer les obstacles, à minimiser les situations les plus délicates, à faire comme si rien ne s'était passé, à être seulement dans l'instant. Stephen est capable des plus grandes amnésies, il agit comme s'il n'avait pas de mémoire, comme si rien n'avait d'importance et que tout était possible. Dans son métier, ce doit être une qualité d'être sans scrupule, sans état d'âme, sans barrière, d'aller de l'avant, d'entraîner les autres dans son sillage, mais comment se débrouille-t-il avec sa responsabilité et comment concilie-t-il ce comportement avec la lucidité que ses fonctions exigent ? Oui, c'est saisissant chez lui, cette disposition à balayer d'un revers de la main ce qui embarrasse, à essayer de régler les problèmes par un sourire, un trait d'esprit. Louise concède que c'est reposant aussi, que c'est agréable de se laisser porter, de décider que rien n'est grave. Dans le couple, aussi étrange que cela puisse paraître, c'est elle qui retenait les chevaux, qui les empêchait de s'emballer, de se cabrer. Elle avait la tête sur les épaules, elle connaissait le prix des choses, elle les ramenait tous les deux à la réalité quand ils s'en écartaient trop. Stephen s'était admirablement arrangé pour qu'elle endossât ce rôle ingrat du garde-chiourme, du rabat-joie. Cela l'autorisait, lui, à ne se préoccuper de rien. Louise a longtemps cru qu'elle délestait Stephen du poids écrasant de ce qui lui était promis.

Dorénavant, elle veut lui faire comprendre qu'elle n'a plus envie de cet emploi, qu'elle s'en est débarrassée une fois pour toutes et qu'il n'est nullement dans ses intentions de le reprendre. Alors, sa phrase sur les dix ans et les cinq ans, sur ce qui est important et ce qui ne l'est pas, il peut la remballer. Elle est agacée qu'il la regarde comme si penser à elle le rendait gai et qu'il veuille lui laisser entendre qu'elle, elle le considère avec tristesse ou méfiance. Elle connaît Stephen : il essaie à nouveau d'endosser le beau rôle. Il veut accréditer l'idée qu'il est vierge et pur dans ses intentions, quand, elle, sans doute, serait percluse de rancœurs et de récriminations.

Et puis, elle a payé pour savoir que la légendaire insouciance de Stephen Townsend peut dissimuler la plus grande lâcheté, les plus vils mensonges. Elle a appris que les gens irresponsables jouent sans vergogne avec la vérité, précisément parce qu'ils ne se sentent pas de responsabilité particulière, ou parce qu'ils l'ont oubliée, ou encore parce que ça les arrange. Ce qu'elle n'est pas capable d'affirmer avec certitude, c'est si ces gens-là ont la conscience de faire le mal, s'ils se rendent compte que certains de leurs actes sont impardonnables. Elle ne sait pas si leur méchanceté est innocente.

En tout cas, aujourd'hui, qu'est-ce qui lui prouve qu'on ne lui tend pas un piège ? Comment pourrait-elle être sûre de l'ingénuité de l'acte de Stephen, de l'innocuité de ses formules, de la pureté de ses intentions ? Et que cherche-t-il en venant jusqu'ici ? Tant qu'elle n'a pas de réponse à ses questions, elle entend bien rester sur ses gardes. Déjà, de vieilles douleurs se réveillent.

À quoi bon remuer les lames dans les plaies ? Voilà la question que se pose Stephen, la seule, en fin de compte, qui mérite d'être posée, estime-t-il. À quoi bon ressasser les affres de leur séparation, quand il est possible de ne conserver que les bons moments de leur liaison ? Oui, c'est certain, il simplifie, il élague, il élimine, mais ne faut-il pas préférer les choses simples à celles qui sont complexes ? Ne vaut-il mieux pas occulter les souffrances du passé plutôt que de les porter en bandoulière, comme un trophée un peu malsain, comme une croix ridicule ? Mieux encore : il s'agit, en vérité, de les dépasser, d'aller au-delà d'elles, ce qui est le plus sûr moyen d'en triompher. Et c'est cela qu'il fait. Cela qu'il fait depuis toujours, et en tout, dans sa vie personnelle. Il ne répète rien, ne reproduit rien. Il poursuit sa route. Il passe à autre chose. Lorsqu'on sort vivant des accidents, il faut se dépêcher de ne plus y penser. Louise prétendrait qu'on peut sortir vivant des accidents sans en sortir indemne. C'est toute la différence entre eux deux.

Carter annonce qu'il se fait tard, qu'il va rentrer chez lui. Il annonce cela cérémonieusement, comme s'il s'adressait à une foule, et comme si chacun était suspendu à ses lèvres et espérait un oracle qui aurait été promis. Il déclame, sans doute histoire de rappeler qu'il existe. Sans doute aussi parce que les échanges aigres-doux ne sont pas sa tasse de café et qu'il n'a pas plus envie que ça d'assister à des retrouvailles qui ne le concernent pas. Il est un homme discret. Il tient cela de la pêche en mer.

Il dit que le soleil a sacrément baissé, qu'il rase l'horizon à présent, que c'est impressionnant comme les jours raccourcissent. Il rappelle à ceux qui auraient pu l'oublier que l'été vit ses derniers jours, brille de ses derniers feux, que l'automne est à nos portes. Il dit cela, qui n'a pas d'importance, comme ces conversations qu'on tient, pour remplir le silence ou passer le temps. Il dit cela, que personne n'écoute vraiment, sauf Louise à qui les larmes montent brusquement aux yeux sans qu'elle puisse l'empêcher.

Carter, au moment où il s'approche d'elle pour lui donner l'accolade, remarque son regard rougi. Il ne lui faut pas longtemps pour se rendre compte qu'il est le seul à avoir remarqué ce regard, puisque Ben est occupé derrière son comptoir à une de ces tâches dont il a le secret et dont personne ne serait capable de déchiffrer l'utilité réelle, et que Stephen s'est levé pour se rendre aux toilettes vers lesquelles il se dirige présentement. C'est d'ailleurs son absence imminente, ce mouvement dans le café après tant d'immobilité, cette défection inattendue qui ont amené Carter à comprendre qu'il était déjà tard, qu'il était temps pour lui de regagner sa maison, là-bas, vers les dunes et, en conséquence, de se lever à son tour pour prendre congé. Puisqu'il est le seul à avoir vu les larmes sur le rebord des cils de Louise, il choisit de ne pas en faire mention. La discrétion des pêcheurs : quand on vous le disait ! Comme il embrasse la jeune femme, il fait glisser sa main le long de son bras droit. Ils savent, tous les deux, à quel point la fin de l'été est un moment déchirant et que cet été pourrait être, s'il n'y prenait garde, le dernier pour Carter.

Quand il franchit la porte de chez Phillies, quand l'affreux tintement se fait entendre, à la manière d'un signal, Louise sort un mouchoir de son sac. Elle fait mine de s'éponger pour absorber les traces de sueur que la chaleur venue du dehors est supposée avoir déposées sur son visage. Elle en profite pour effacer ces vilaines larmes qui menaçaient au coin de ses yeux de faire couler son maquillage.

8.

Louise prie Ben de lui servir un autre Martini. Elle attend le retour de Stephen. Elle est un peu nerveuse. Elle ne souhaite pas apprendre pourquoi. Elle fait partie de ces femmes qui ont intérêt à ne pas se poser de questions en certaines occasions parce que les questions, parfois, deviennent une torture. De ces femmes chez qui la tranquillité n'est pas naturelle et qui accomplissent des efforts pour discipliner leur fébrilité. Si elle fumait encore, ce serait le moment d'allumer une cigarette. Elle en viendrait presque à regretter d'avoir arrêté, l'an dernier. D'ailleurs, elle a l'impression que Ben la regarde avec l'air qu'ont les gens qui s'apprêtent à vous proposer un remontant et qu'il va lui tendre son paquet de Marlboro en même temps qu'il déposera son Martini devant elle. Mais il n'en fait rien, bien sûr. Tout ça, c'est dans sa tête. Elle se tourne vers la baie, elle trouve immanquablement dans la contemplation de l'océan la sérénité qu'elle était venue chercher, il y a quelques années, en s'installant à Cape Cod.

Norman choisit ce moment, précisément, pour appeler. La sonnerie du téléphone de Louise retentit dans le café désert, paraît rebondir contre les murs, avec une stridence qu'elle a le sentiment – absurde – de n'avoir jamais entendue. Louise fouille dans son sac à main, y déniche le portable dont l'écran à cristaux liquides affiche les six lettres du prénom Norman. Juste avant le basculement sur la messagerie, elle récupère l'appel. Mais parce qu'elle n'est pas tout à fait certaine d'y être parvenue dans le délai imparti par les quatre sonneries, elle répète plusieurs fois « allô », en forçant sur sa voix, comme si Norman était sourd ou comme si les communications qu'on reçoit sur ce genre d'appareil étaient irrévocablement vouées à être de mauvaise qualité. Ben entend Louise crier : ce sont les cris de la panique.

« C'est moi. Je n'ai pas beaucoup de temps. »

Il n'a prononcé que ces quelques mots et déjà, elle retrouve la voix des mauvaises heures, le ton des hommes pressés qui n'ont pas sitôt commencé qu'ils voudraient déjà en avoir terminé, cet empressement sans chaleur qui veut signifier l'urgence, cette brusquerie qui est le contraire d'une intimité. Il arrive à Louise aussi d'employer ce ton-là : quand elle n'a pas envie de parler, quand elle exécute une corvée, quand elle est gênée aux entournures et qu'elle a décidé d'abréger. Elle le reconnaît sans forcer. Il n'y a pas de raison particulière que Norman échappe à ce principe universel. Dans la sécheresse de ce ton se manifeste assez clairement le désir de ne pas s'éterniser, pour ne pas avoir à s'expliquer.

Du reste, Norman est direct : il n'a « pas beaucoup de temps ». Si elle y songe, a-t-il jamais beaucoup de temps ? N'est-il pas toujours assiégé, bousculé au point de ne jamais avoir beaucoup plus que quelques heures d'affilée à consacrer à Louise, quand ils se retrouvent ensemble ? Ne se doit-il pas en permanence au théâtre, à son épouse, à ses enfants, à tant d'autres choses encore, et pas vraiment, pas sérieusement à Louise ? Bien sûr, elle aime chez lui ce mouvement perpétuel, cette agitation, cette agilité, cette dextérité à jongler avec les contraintes, les contraires, les contretemps, les contrariétés, mais elle est un peu effrayée par cette course vers le vide, ou sur soi, ce qui revient au même. Dans l'agacement à peine voilé de la voix de Norman ne perce pas la folie douce qu'elle affectionne mais l'impatience infantile qui la lasse.

« Je peux raccrocher à tout moment. Elle est dans la pièce à côté. »

À cela, elle est habituée : les interruptions intempestives. Elle s'est toujours demandé néanmoins si ce n'est pas une facilité dont Norman use et abuse. Elle l'a surpris, utilisant un argument similaire avec un journaliste dont il souhaitait se débarrasser. Depuis, elle se méfie un peu. Norman n'est pas un ange. À ses moments, il sait même être parfaitement diabolique. C'est le fond de sa séduction. C'est aussi ce qui inquiète Louise depuis le démarrage de leur histoire.

Elle goûte peu qu'il désigne Catherine de ce vocable : « elle » au lieu d'utiliser son prénom. Elle considère qu'il s'agit d'une forme de mépris, d'une condescendance qui confine à la vulgarité, d'une distance dédaigneuse que rien ne justifie. Catherine a beau être une rivale, la femme de son amant, Louise n'emploierait pas une formule déplacée pour parler d'elle. Et elle ne met pas cette « politesse » sur le compte d'une quelconque culpabilité puisqu'elle ne se sent nullement coupable, mais bien sur la conviction que le combat peut être âpre sans dévier.

Bref, c'est un début de conversation comme elle les exècre. Impossible de placer un traître mot et déjà, tout, dans ce qui a été dit et dans la manière dont cela a été dit, lui déplaît souverainement.

« Ça ne se passe pas bien, tu t'en doutes. »

Elle est admirative de la capacité de Norman à affirmer le contraire de ce qu'il affirmait la veille et à s'approprier des assertions qu'il balayait d'un revers de la main. Louise n'a pas escompté que l'annonce à Catherine de la perdition de son mariage serait facile mais lorsqu'elle a fait part de ses craintes, Norman s'en est moqué gentiment. Norman est comme un enfant. La lâcheté en plus. Il est prêt aux plus impressionnants revirements lorsque tenir une position exige un peu trop de courage. Louise l'aime aussi pour cette couardise, qui la fait sourire, qui ajoute à son charme, qui est une sorte de vulnérabilité, de désarroi, qui la touche. Habituellement.

« Nous sommes au milieu d'une crise affreuse. Inutile de te décrire la scène. »

Inutile, en effet. Elle connaît bien cette situation. Ce n'est pas ce que Norman a voulu dire mais c'est ce qu'elle a entendu. On n'échappe pas à ses souvenirs. Elle écrira une pièce, un jour, sur ce sujet, elle se l'est promis.

« J'essaierai de te rappeler plus tard, quand ce sera plus calme.

— As-tu une idée du temps que ça va prendre ?

— Aucune, ma chérie. Si je savais, tu penses bien que je te le dirais. »

Gagne-t-il du temps ou est-il réellement dépassé par les événements ? Louise voudrait croire benoîtement à la seconde hypothèse. Après tout, elle n'est pas surprise que les choses se passent mal et elle n'oublie pas à quel point Norman n'est en rien charpenté pour affronter ce genre de situation. Pour un peu, elle serait presque attendrie de le savoir empêtré dans un imbroglio qui le dépasse, dans des discussions qui l'obligent à répliquer. Il n'est solide que dès lors qu'il s'approprie les répliques des autres.

Il raccroche sans l'avoir saluée ni embrassée. Elle s'est acclimatée à cette rudesse, cette muflerie. Elle sait qu'il est déjà dans autre chose. Elle n'y fait plus attention, sauf ce soir où, brusquement, elle se sent curieusement blessée, écartée. Elle croit qu'il est des circonstances où les maladresses, même les plus familières, vous atteignent davantage que la pure cruauté.

Ben n'a rien entendu des mots prononcés par Norman. Il a juste observé le silence attentif de

Louise, son extrême concentration entrecoupée de soupirs, de regards tournés vers le ciel, de tapotements nerveux sur le comptoir de la main restée libre. Il n'a retenu que le « As-tu une idée du temps que ça va prendre ? », une phrase lancée avec un détachement qui ne masquait pas une grande fébrilité, et il se rend compte que Louise s'est à nouveau condamnée à être une femme qui attend. Cette pensée le rend infiniment triste. Il la préfère tellement en femme forte, indépendante, résolue. Pour un peu, il s'indignerait presque de la surprendre ainsi : captive, domestiquée, obéissante. Tout à coup, il est capable de formaliser la raison pour laquelle il n'apprécie Norman que très modérément : Norman fait de Louise une personne qu'elle ne devrait pas être.

Ben voudrait consoler Louise des chagrins qui vont inévitablement survenir. Il voudrait faire ce geste inconcevable : la prendre dans ses bras, ne rien lui exprimer parce qu'il n'est pas homme à donner des conseils, encore moins des leçons, juste être là, près d'elle, un peu plus que d'ordinaire. Mais il est retenu de le faire, par la différence de leurs conditions, par ce comptoir qui les sépare depuis le premier jour, par l'habitude qu'ils ont prise de ne jamais se toucher, jamais évoquer ce qui compte, jamais s'éloigner d'une tendresse inconsistante, par la conviction toute simple qu'ils traverseront finalement sans dommage les épreuves qu'on leur envoie, et... par le retour inopiné de Stephen parmi eux.

Il revient, en effet, l'homme splendide, impeccable, intact. Il a cet air calme et moqueur qui le rend irrésistible. Il marche lentement, presque négligemment, comme s'il était absorbé par on ne sait quelle pensée. Même le bruit de ses pas contre le plancher a quelque chose de sensuel. Il arbore cette grâce involontaire, celle qui s'échappe parfois d'un geste ou d'une intonation. Il possède le charme indépassable de ceux qui ignorent qu'on les examine, les inattentifs, ceux qui sont dans la distraction. Tout de même, au moment où il arrive à sa hauteur, il finit par remarquer la figure en désordre de Louise mais ne fait aucune observation. Il est un homme qui ne parle pas des choses qui fâchent.

« J'ai passé de l'eau fraîche sur mon visage. Vous ne pouvez pas imaginer le bien que ça fait. Cette chaleur nous tuerait. »

Ben répète depuis longtemps à qui veut l'entendre que les ventilateurs de chez Phillies ne servent à rien d'autre qu'à remuer l'air chaud, qu'à aggraver cette satanée moiteur. À certaines heures du jour, la température relève des climats tropicaux. Les clients s'en plaignent d'ailleurs. Mais Phillies refuse obstinément d'installer la climatisation. Elle prétend que ça transporte les microbes, elle dit « les virus », et que ça rend malade, que ça n'est pas bon pour la santé, le chaud et froid. La vérité, évidemment, c'est qu'elle ne veut pas dépenser un dollar. Il faut vraiment que Ben soit patient pour consentir à travailler dans de telles conditions et pour supporter d'entendre la clientèle râler à longueur d'été. Il en serait presque soulagé de voir débarquer l'automne. Pourtant, au fond de lui, même s'il ne l'avouera jamais, il est certain qu'il ne pourrait pas travailler ailleurs que dans cette étuve.

9.

« Tu trouves que j'ai tort de chercher à rendre les choses simples ? »

Stephen reprend leur dialogue où ils l'avaient laissé, sur cette interrogation, sur cette mise en demeure de démontrer pourquoi il faudrait absolument préférer les complications, la confusion, les tourments aux amnésies, aux amnisties. Il y a réfléchi alors qu'il se rafraîchissait et il n'a pas compris que Louise lui reproche implicitement sa trop grande facilité à occulter ce qui gêne, sa désinvolture, comme s'il faisait injure au passé. Que propose-t-elle à la place ? Des récriminations sans fin, des explications douloureuses ? Lui, il estime, par principe, que le pardon est possible et qu'un black-out assumé vaut souvent mieux que des conversations stériles. En fin de compte, il est pragmatique. Il s'intéresse à ce qui va ou peut advenir, pas à ce qui est advenu. Il croit que la nostalgie est forcément une tristesse.

« Je ne condamne pas la simplification. Mais je me méfie toujours un peu des approximations et des oublis. Ils ne sont jamais très éloignés du mensonge. Et le mensonge me fait horreur. Tu sais que rien ne me blesse davantage qu'un mensonge. »

Mensonge : le mot est lâché. Il annonce les règlements de comptes que Stephen redoutait, mais auxquels il s'était néanmoins préparé. Il a appris au catéchisme que les absolutions ne sont délivrées qu'après l'expiation des péchés. Il attend que l'orage éclate. Les orages lavent les ciels. Cela, il le tient des météorologues.

Louise est soulagée d'avoir prononcé le mot. Mensonge. À la fin, ce dont elle fait grief à Stephen, ce n'est pas de l'avoir quittée : après tout, c'était son droit. Non, c'est de lui avoir menti, de l'avoir flouée, manipulée peut-être, de lui avoir dissimulé d'abord ce qui survenait dans sa vie à lui, de l'avoir sciemment minimisé ensuite quand il s'est agi de passer aux aveux, d'avoir protesté de sa bonne foi alors que son insincérité était accablante, de s'être engagé à mettre un terme au désordre qu'il avait lui-même provoqué, de lui avoir enfin laissée nourrir des espoirs qu'il n'a jamais concrétisés. Elle aurait horriblement souffert, bien entendu, d'une rupture brutale qu'elle n'aurait pas vue arriver mais moins, infiniment moins, que de cette affreuse agonie, que de ce chemin de croix pavé d'humiliations.

Objectivement, elle n'avait pas prêté attention à son double jeu, sans doute parce qu'elle ne cherchait pas à remarquer quoi que ce soit. Ce sont des indices mineurs, des signes de presque rien qui ont fini par l'alerter, par l'amener à soupçonner une liaison « adultérine », ainsi qu'on l'énonce dans les vieilles familles. Mais lorsqu'elle a compris, il était trop tard déjà. Le mal était fait, les choses trop sérieusement engagées, toute rémission inenvisageable. Cela non plus, le caractère inexorable de leur séparation, elle ne l'a pas mesuré. Elle a pensé qu'elle pourrait sauver l'essentiel. Elle a d'abord cherché à se montrer magnanime, compréhensive, mais nullement complaisante. Elle a admis que des errements étaient toujours possibles. Et puis, elle n'est pas de celles qui cèdent à l'hystérie, qui posent des ultimatums, qui imposent des exigences, qui supplient ou qui menacent. Elle fait confiance à l'intellect plutôt qu'à l'affectif. C'est indéniablement une erreur tragique en matière amoureuse. Une erreur de débutant. Lorsqu'elle a senti que sa magnanimité ne produisait pas les effets qu'elle en escomptait, elle s'est enfin résolue aux sommations. Stephen a fait mine de les prendre au sérieux. Mais, au fond, il n'a jamais su renoncer à une alternative. Il lui a promis de régulariser la situation, sans rien en faire, gagnant seulement du temps pour être capable, à l'instant où il lui serait interdit de reculer, de faire le bon choix. Louise n'a pas été le bon choix. Alors oui, elle sait ce que c'est que le mensonge. Oui, elle craint les choses exposées avec une trop grande simplicité. Elle a englouti son existence entière dans un flou savamment entretenu.

Ce flou, précisément, ne lui a pas permis de se préparer à être quittée, si toutefois on peut se préparer à une telle éventualité. Louise n'avait à aucun moment imaginé la fin de leur relation. Elle était éperdument confiante, comme ne le sont pas même les plus grandes ingénues. Elle avait des certitudes que rien, jamais, n'aurait pu ébranler. Elle était heureuse, à ne douter de rien. Stephen ne l'a pas divertie de cette sorte de béatitude, d'ailleurs assez incompréhensible chez un être aussi lucide. Elle a, en conséquence, reçu la nouvelle de leur dilution de plein fouet, et debout. Elle a été balayée en une seconde. Elle en a été dévastée. Elle avait simplement oublié de se protéger. À l'instar des grands accidentés, elle ne retrouvera jamais complètement l'usage d'elle-même.

La seule chose que Stephen lui ait léguée en partant, c'est le temps. Ce sont les années interminables à ressasser leur rupture, l'enchaînement des événements, la séquence de leur perdition. Pendant longtemps, elle n'a rien trouvé d'autre à faire que de se souvenir des pires moments. À la manière d'un scientifique, elle a cherché à comprendre. À remplir les blancs, à renseigner les cases vides, à trouver les chaînons manquants.

Avec le recul, elle a acquis la conviction que le choix opéré par Stephen à l'époque n'était pas seulement un choix de personne. Elle connaissait Rachel, elle identifiait bien les raisons pour lesquelles elle pourrait être choisie mais la différence entre elles deux n'était pas si grande, l'écart pas si flagrant. Rien ne s'imposait comme une évidence. À bien y réfléchir, Rachel n'avait pour elle que l'avantage d'une certaine nouveauté, toute relative d'ailleurs si on considère que Stephen et elle se fréquentaient depuis Harvard. Les hommes ont souvent, à ce qu'on raconte, la tentation de chairs un peu plus fraîches, de territoires inexplorés. Mais, d'après Louise, le véritable choix était un choix de vie. Expression un peu grandiloquente pour souligner que les deux femmes, si elles avaient à faire valoir des charmes somme toute comparables, ne présentaient pas le même « profil » et n'offraient certes pas les mêmes perspectives. « Pour faire simple », puisque Stephen raffole de simplicité, « il valait mieux une héritière très convenable plutôt qu'une théâtreuse sans avenir assuré, une copie conforme plutôt qu'une moitié tellement dissemblable, la sécurité plutôt qu'une sorte de marginalité, la fierté des parents plutôt que leur courroux ». Pour renoncer à la jeunesse, à ce qu'elle porte d'espoirs, de principes, de ferveur, il suffit, en vérité, d'un trait de plume, comme ceux qui crissent au bas d'un contrat de mariage.

« Ma simplicité, elle te va ?
— Ce n'est pas de la simplicité, Louise, c'est du simplisme.
— On va au plus court quand on a désespérément besoin d'explications. »

Ben n'aime pas que les conversations prennent ce tour-là. Il n'aime pas que les gens se jettent des reproches à la figure, que les dents grincent, que l'amertume l'emporte, que l'inconfort s'installe. Il n'est pas du côté de Stephen, bien sûr, puisqu'il est du côté de Louise, une fois pour toutes et quoi qu'elle fasse. Cependant, il ne perçoit pas l'intérêt qu'il y a à évoquer le passé si c'est pour n'en retenir que ce qui blesse. Il pense aussi que la prescription est possible, qu'elle est même souhaitable, que tous les deuils ont une fin. Et ça ramènerait un sourire sur le visage de Louise de parler d'autre chose. Elle est en train de se faire du mal et cela le contrarie. Il voudrait lui dire qu'elle ne tirera aucune satisfaction de ces règlements de comptes, qu'on ne guérit pas de ses blessures en les ravivant. Il sait cela, que les gens simples comme lui savent, sans avoir fait d'études, sans l'avoir appris. Il demande à Louise si elle souhaite un autre Martini.

Elle se tourne vers lui avec des yeux pleins de lassitude et ce seul mouvement ramène instantanément Ben aux années d'avant, celles de la peine, de l'abattement. Il avait presque oublié ce temps de l'accablement, quand elle paraissait à ce point démunie qu'elle inspirait de la pitié, quand les paroles étaient rares, les gestes économes, quand Chez Phillies était devenu le dernier lieu où elle supportait de se trouver, comme si l'océan, c'était trop de beauté et sa maison, trop de souvenirs. Elle avait, comme en ce moment, cette attitude des femmes qui s'accoutument à l'alcool, cette position du corps, coude accroché au comptoir, poing fermé contre la joue, visage tourné vers le sol, cette position qui dit l'hébétude, l'abandon, le défaut de contrôle de soi. Elle avait déjà cette viduité du regard, cette incapacité à tenir une conversation, à fixer son attention. Elle écrivait des pièces sombres, dans lesquelles les personnages mouraient à la fin, écrasés par une fatalité qu'ils n'avaient pas su déjouer. Elle semblait se laisser guider par sa plume, comme si rien ne dépendait vraiment d'elle. Une femme dans l'ivresse, c'est une honte inouïe, beaucoup plus que pour les hommes. Elle ne récolte que l'opprobre, elle fait se détourner les regards, elle provoque des moues dégoûtées. À l'homme, on pardonne, le plus souvent et d'ailleurs injustement, une telle condition, ou alors on s'y habitue. La femme, elle, n'a droit à aucune mansuétude. Il y a eu un moment dans l'existence de Louise où Ben a été le dernier secours.

« Je ressemble à Caroline comme ça, n'est-ce pas, Ben ? »

Parce qu'il leur arrive régulièrement et mystérieusement de penser aux mêmes choses à la même minute, mais aussi sans doute parce qu'elle a aperçu son désarroi, Louise ose cette évocation qui glace Ben d'effroi. Louise sait qu'il est le seul à saisir le sens de sa remarque. Qu'il a soudain devant les yeux le visage dévasté de Caroline, ses grands yeux tristes, ses joues creusées, son teint cireux. Ben, en effet, revoit en un éclair les traits épuisés de la sœur de Louise, sa figure consumée des dernières semaines. Il entend sa voix presque éteinte, à la toute fin, comme un souffle, un râle. Il se souvient d'une épave. L'alcool, parfois, provoque des ravages insoupçonnables.

La peinture n'avait pas réussi à sauver Caroline de ses démons. L'exil dans une bourgade appelée Mandeville, posée au bord du lac Pontchartrain, au nord de La Nouvelle-Orléans, ne l'avait pas davantage tirée d'affaire. Les jours passés à seulement contempler les reflets du soleil sur un lac d'huile, à peindre des toiles aussitôt détruites, les jours en compagnie d'êtres taciturnes, décidés à vivre à l'écart de la civilisation, loin d'enrayer sa chute, n'avaient fait que la précipiter. Quand Caroline avait finalement décidé de revenir à Cape Cod, il était trop tard. Il ne lui restait qu'à mourir à petit feu. Il y a des femmes qui, en perdant leurs hommes, se perdent elles-mêmes.

« J'ai appris pour ta sœur. J'ai voulu t'appeler mais c'était compliqué, bien sûr. J'aimais beaucoup Caroline. »

Stephen, à qui la remarque de Louise n'a naturellement pas échappé, se sent tenu de dire quelque chose. Il n'a jamais été fortiche pour les effusions, les émotions. Il ignore les phrases qu'on prononce au sortir des drames. Il sait qu'il est maladroit, qu'il lui faudrait trouver les mots mais c'est plus fort que lui : il est impuissant face aux disparitions, aux deuils, absolument désarmé. Louise ne lui en veut pas pour sa sobriété qui pourrait s'apparenter à une sécheresse, à une distance. Elle connaît son inconfort en de telles circonstances. Elle ne doute pas, un seul instant, de la sincérité de son chagrin ni de celle de son affection d'hier pour la sœur morte. Elle aurait apprécié, c'est vrai, qu'il se manifestât au moment des obsèques, mais, même de cela, elle ne lui tient pas rigueur. Elle devine que sa peine a été réelle, que ses pensées les ont accompagnées dans cette épreuve. Elle croit, peut-être naïvement, à la pureté universelle des sentiments des survivants confrontés à la mort d'un être cher.

Stephen avait éprouvé une sympathie immédiate pour Caroline. Et, du reste, si on appréciait Louise, on appréciait forcément Caroline et vice versa. Les sœurs Cooper étaient presque indissociables. Juste une année de différence. Louise était la cadette. Une même énergie folle, un même appétit de la vie, un même mépris des contingences. Elles tenaient cela d'une éducation très permissive. On leur avait seulement enseigné à être elles-mêmes, à user de leur libre arbitre, à suivre obstinément le chemin qu'elles choisiraient. Elles avaient choisi, toutes deux, une discipline artistique, l'une le théâtre, l'autre la peinture. Elles avaient conscience que ce serait difficile, qu'elles avaient opté pour la précarité, le dénuement peut-être, mais ça ne les avait pas fait reculer. Au fond, très jeunes, elles avaient été en mesure d'énoncer ce qu'elles désiraient, et avec les années, malgré les obstacles, les soucis d'argent, les envies de renoncer, elles avaient fini par l'obtenir. Louise est aujourd'hui un auteur qui compte. Les peintures de Caroline lui survivront et font la fierté des collectionneurs. Cependant, Louise ne peut s'empêcher de penser qu'elles n'ont pas su garder le bonheur. À quel moment se sont-elles trompées ?

Stephen avait été impressionné, d'emblée, par la volonté et l'application des deux jeunes femmes, qui ne nuisaient nullement à leur insouciance, qui donnaient même un caractère admirable à leur frivolité. Elles étaient déterminées et rieuses, indociles et légères. Elles entraînaient dans leur sillage qui avait le désir de les suivre. Il avait été de ceux qu'un tel désir avait saisis. Il était tombé amoureux de l'une, était devenu l'ami de l'autre. Et puis, ils avaient été heureux. Cela, il en est sûr. Aujourd'hui, que reste-t-il de ce temps-là ? Stephen et Louise se sont perdus et Caroline est morte. Trop de tourbillon, trop de chagrin, trop d'alcool. Ou pas assez. Pas assez de ces bras qui enlacent, qui soutiennent, qui guident. Pas assez de ces regards désintéressés, de ces moments de rien qui sont la vraie vie. Stephen tient en horreur le temps qui passe, et qui reprend ce qu'il avait octroyé.

Du café dont deux fenêtres sont ouvertes, on croirait entendre l'océan qui gronde, les vagues qui roulent et se jettent contre les falaises, le choc de l'eau et du granit en contrebas. Dans le lointain, le soleil est rouge comme une menace et bas comme pour un adieu lent. Adossés à la barrière blanche qui longe la route devant chez Phillies, un homme et une femme contemplent le jour qui s'en va. Cherchent-ils à le retenir ? Ben astique son comptoir.

10.

La sonnerie du téléphone de Louise retentit à nouveau. Sur l'écran miniature s'affichent à nouveau les mêmes six lettres. Norman appelle. Norman l'appelle. Elle s'empare du portable comme d'une bouée de sauvetage, bafouille une excuse à l'attention de Stephen et Ben, se dirige, d'une démarche gauche, vers la porte du café qu'elle ouvre d'une main pendant que, de l'autre, elle appuie sur le bouton « on » qui la relie, presque par magie, à l'homme qu'elle aime. Elle demeure impressionnée par cette technologie qui abolit les distances, qui transporte les voix sans qu'il soit besoin qu'elles se faufilent dans des fils. Elle est une terrienne à sa manière. Elle est encore surprise par ce que les airs lui apportent.

« Où es-tu ? J'entends un souffle, comme du vent.

— Je suis sortie du café pour te répondre. Je n'avais pas spécialement envie qu'on écoute notre conversation. »

Et c'est vrai qu'elle n'a pas envie que Stephen comprenne ce que Norman va lui apprendre. Tout à l'heure, au tout début, bien sûr, elle aurait peut-être trouvé cocasse que Norman et Stephen se rencontrent, qu'ils se retrouvent nez à nez chez Phillies. Elle les aurait présentés l'un à l'autre. Elle se serait amusée de cette coïncidence, de ce rapprochement. Elle aurait même vraisemblablement été fière d'exposer Norman à Stephen, comme on expose un trophée, et de démontrer à son ancien amant qu'elle avait été capable de refaire sa vie. Stephen n'aurait pas manqué de remarquer la grande beauté de Norman, son allure, et puis cette folie qu'il transporte comme un passeport. Il en aurait peut-être conçu une sorte de jalousie. Il aurait admis, évidemment, d'avoir été remplacé. Mais il fait partie de ces hommes qui espèrent secrètement que les femmes qu'ils quittent se rabattront sur le premier venu ou perdront au change. Ce n'est même pas, chez Stephen, de la vanité. Juste l'idée simple qu'il était l'homme de la vie de Louise et que ça ne s'égale jamais, par définition.

Désormais, Louise est presque inquiète de la possible imminence de la rencontre entre Stephen et Norman. Si, au bout du fil, elle entend un « Je suis sur la route, j'arrive », cette rencontre deviendra inéluctable. Pourtant, à l'intérieur, quelque chose lui murmure que ce ne sont pas les mots que Norman s'apprête à prononcer. Quelque chose de dur, de douloureux, comme un kyste. Quelque chose qui donne des coups contre les parois de son ventre. Comme si elle se préparait à enfanter un monstre.

« Je ne sais pas par où commencer. »

Cette seule phrase emplit Louise des craintes les plus vives. Logiquement, Norman aurait dû se contenter de déclarer : « Voilà, c'est fait. Je l'ai quittée. » Ce sont des choses simples à énoncer, de cette simplicité qu'on ne rencontre que dans la Bible, des choses qui ne nécessitent aucun détour. Et puis, lorsqu'on a de bonnes nouvelles à annoncer, on ne tarde pas, on va droit au but. Elle ne peut même pas se raccrocher à la perspective de voir Norman jouer avec son impatience, avec ses nerfs, comme le font parfois les parents avec leurs enfants, ou les enfants entre eux quand ils se cachent puis se livrent leurs secrets. Ce serait un jeu trop cruel, d'une cruauté inconcevable, en l'occurrence. Non, sur cette seule phrase, elle doit se résoudre, si ce n'est à une fort mauvaise nouvelle, au moins à une déconvenue, à un sale moment. À l'heure qu'il est, elle devrait déjà savourer sa victoire, saluer le courage de Norman, employer les termes réconfortants dont il aurait besoin au sortir de cette épreuve. Mais ce n'est rien de tout cela. Qu'on y songe : Norman ne sait pas par où commencer !

« Par le début, peut-être ? »

Toujours l'ironie qui sauve. Toujours le goût de la réplique. Mais l'ironie paraît bien amère et la réplique bien convenue. Louise est démunie, elle ignore ce qu'elle doit dire, et comment se comporter. Elle envie ceux qui se préparent aux plus grandes catastrophes, ceux qui conservent une apparence de détachement dans les trous d'air, ceux qui observent avec sérénité les précipices qui s'ouvrent sous leurs pieds ou les tempêtes dans lesquelles ils vont s'engouffrer. Elle n'est pas de ceux-là. Elle n'a, au fond, que quelques mots à son vocabulaire, de pauvres mots et une intonation, entre accablement et agacement, qui suinte la défaite.

« Tu l'as deviné : ça s'est mal passé. En fait, ça s'est mal engagé. C'est ma faute aussi : je m'y suis mal pris. »

Endosser la responsabilité d'un échec, c'est le plus sûr moyen qu'on ne vous le reproche pas, qu'on n'ose pas vous le reprocher. On veut susciter la compassion, la sympathie. On en espère le pardon. On vise à atténuer les ires qui pourraient se déclencher, à décourager les foudres. L'aveu d'une faute est un magnifique paratonnerre : tous les enfants vous le confirmeront. Et cela irrite Louise, parce qu'elle n'ignore rien de ce mécanisme, et parce qu'en faire usage, c'est la prendre pour une idiote. Elle préfère toujours que les gens misent sur son intelligence : elle a l'immodestie de croire qu'ils peuvent gagner en l'espèce.

« J'ai été brutal. J'ai voulu tout annoncer d'un coup. J'ai manqué de subtilité, sans doute. »

Cela sauterait aux yeux d'un aveugle que la brutalité n'est pas naturelle chez Norman. C'est traditionnellement un être onctueux, parfois hystérique, mais jamais méchant. En réalité, la méchanceté lui est étrangère. Même lorsqu'il s'essaie à la causticité, cela sonne faux. Sa rare agressivité déclenche le rire plus que la frayeur. Ce qu'il croit être de la malignité parfois n'est rien d'autre que de la malice. Louise se doute à quel point il a dû mal se débrouiller, combien il a dû être maladroit. Pas étonnant qu'il ait raté sa cible. Il a certainement perdu ses moyens très vite. Si son existence à elle n'était pas en cause, elle jugerait cela charmant.

« Catherine a d'abord été éberluée, je ne trouve pas d'autre mot. »

Qu'espérait-il aussi ? Qu'elle lui explique qu'elle s'en doutait ? Évidemment, elle a été surprise, choquée, ébahie, déconcertée. Bien sûr, la nouvelle l'a frappée de stupeur. Aucune épouse ne s'attend à ce que son mari lui apprenne qu'il la trompe et qu'il va la quitter. En certaines occasions Louise giflerait Norman : il a quelquefois de ces élans de stupidité que seule la violence est en mesure d'interrompre.

« Elle s'est cabrée. »

Louise retient le verbe : cabrer. Elle déteste ce mot, qui ne convient qu'aux animaux. Si Norman tient tellement à l'image contenue dans ce terme, qu'il emploie plutôt celui d'arc-bouter. Elle se sentirait presque une solidarité avec la résistance de Catherine, avec son refus d'admettre l'information qui lui était délivrée. Au fond, elle trouve normal que la femme flouée se soit mutinée, rebellée, qu'elle ait rué dans les brancards. Une passivité en de telles circonstances lui paraîtrait condamnable, haïssable. Incompréhensible pour tout dire. Elle a bien fait de défendre son pré carré, de tenter de contrarier les intentions de son mari volage, de se dresser contre la sorte d'injustice dont elle est l'objet. Louise se souvient qu'elle n'en a pas fait autant quand elle s'est retrouvée dans une situation analogue et qu'elle a eu sacrément tort. Elle ne s'était pas débattue alors, pas défendue : on l'avait laissée pour morte.

« À un moment, elle s'est mise à pleurer. »

Oui, les femmes pleurent. Les hommes aussi, parfois, moins, mais un peu quand même. Les êtres pleurent quand ils sont blessés, quand ils ont mal, Norman. C'est une histoire aussi vieille que l'humanité. C'est ce qui fait le lien entre les générations depuis des siècles, les larmes. C'est quelque chose qui se transmet, mieux que la parole peut-être. Les larmes, c'est un langage. C'est aussi ce qui fait se ressembler les gens, puisque les visages du chagrin sont un seul visage. C'est ce qui rapproche les gens, qui invente entre eux une manière de fraternité. On va vers celui qui pleure comme on ne va vers nul autre. Avec les larmes aussi, on est au plus près de la vérité des hommes. Catherine est universelle.

« Alors, je n'ai plus su quoi faire. »

Cette impuissance, Louise l'a pratiquée. Cette façon de baisser les bras devant la difficulté, d'abdiquer dès que ça devient compliqué.

Cette propension à ne pas aller contre l'ordre établi, à renoncer, à l'orée des tournants décisifs. On n'imagine pas tout ce qu'on doit au confort de l'inertie, au goût pour la tranquillité, au désir de n'être pas bousculé dans ses habitudes. Les couples les plus solides se sont construits sur cela. Sur rien d'autre.

« Tu dois comprendre à quel point ça a été une épreuve, y compris pour moi. »

Louise ne répond rien. Du reste, depuis le début de la communication, elle n'a guère prononcé de paroles. Elle sait ce qui va être révélé. Qu'on ne lui demande pas de « comprendre ». Elle a compris. Elle a compris dès les premiers mots. Et puis, elle connaît l'histoire que Norman raconte. Elle pourrait raconter la même. Il suffirait juste de changer les dates et les noms des protagonistes. Elle se souvient même d'avoir écrit quelques scènes sur le sujet pour son théâtre. Oui, elle « comprend ».

« Je suis très atteint. »

Pour un peu, elle le plaindrait mais elle a subitement perdu le goût de se livrer à ce genre d'exercice. En fait, elle considère même sottement que, si quelqu'un est à plaindre dans cette affaire, c'est plutôt elle mais elle est toute disposée à ce qu'on lui démontre qu'elle se trompe. Pourtant elle ne dira rien : Norman, boursouflé d'égoïsme, ne l'entendrait pas. Elle ne dira rien parce qu'elle s'est tue, une première fois, il y a cinq ans, et que, lorsqu'on s'est tu, une fois, on se tait pour toujours, même si on assure, la main sur le cœur, qu'on parlera la prochaine fois. On se tait parce qu'on ne sait pas faire autrement, parce qu'on est fabriquée comme ça, parce que c'est une fatalité à laquelle on n'échappe pas. On se tait parce qu'on n'a pas le courage de recoller les morceaux brisés, parce qu'on admet qu'on a perdu et que toute reconquête ne serait que provisoire et illusoire. On se tait parce que les larmes, ça coule sacrément mieux dans le silence.

« Je veux que tu saches que, moi-même, je ne sais pas très bien où j'en suis. »

Non, décidément, elle ne parvient pas à le prendre en pitié. Elle ne néglige pas la violence de ce qu'il vient de traverser mais elle a envie de lui rappeler qu'il aurait dû deviner ce à quoi il s'exposait. Elle accepte l'idée qu'il est meurtri, mais quoi ? on ne livre pas bataille sans s'y engager à découvert et risquer d'être touché, atteint. Et puis, c'est un coup de trop, ce coup de l'apitoiement sur soi. Il ne faut pas exagérer non plus. Les comédiens ont tendance à en faire trop, parfois.

« À la fin, nous en avons conclu qu'il était sans doute nécessaire de nous donner du temps. »

Norman est le spécialiste des formules alambiquées et des retraites en rase campagne qu'on tente de maquiller en replis tactiques. Quand il passe au « nous », d'abord, ça n'est jamais bon signe. C'est sa manière à lui de se défausser de ses responsabilités, au moins d'englober les autres dans les désastres. C'est aussi pour lui l'occasion de conférer un peu de solennité à son discours, comme si le « nous » en question pouvait être interprété comme un « nous » de majesté. Ensuite, quand Norman « conclut » quelque chose, on peut être certain que rien n'est réglé, que tout reste à faire, que seuls les problèmes sont posés sans que la moindre solution ait été apportée. De même, quand Norman emploie l'adjectif « nécessaire », c'est qu'il a été contraint d'accepter un arrangement, qu'il doit s'y résoudre, qu'il n'a pas eu d'autre choix. Enfin, quand Norman parle de « se donner du temps », c'est avant tout pour en gagner, avec l'espoir que ce temps donné finira, comme par miracle, par éclaircir les situations et leur trouver une issue favorable. Tout ça, c'est évidemment l'aveu de son échec autant que le constat de sa couardise.

« Tu ne dis rien ? »

La question de Norman sonne comme un appel à la clémence. Elle est prononcée avec le ton des enfants dont le regard est implorant, dont le bras se prépare à les protéger d'une mauvaise gifle. L'amant volage cherche à éviter la volée de bois vert. Il n'a trouvé pour ça qu'une interrogation stupide. Pourtant, il a tort de redouter quoi que ce soit. Louise n'élèvera pas la voix, ne criera pas comme une marâtre à bout de patience. Sa placidité pourrait être le gage de sa dignité alors qu'elle constituera seulement le signe le plus flagrant de son naufrage.

« J'en déduis que tu ne viendras pas, ce soir, chez Phillies ? »

Elle prend la parole, juste histoire d'enfoncer une porte ouverte, et de les placer, tous les deux, face à leur déconfiture. Elle tient à être absolument certaine qu'elle n'a plus à l'attendre, qu'elle n'a plus à attendre. Qu'elle est seule désormais, absolument seule. Qu'elle est bien cette femme, agrippée à son téléphone portable, devant l'océan, à la porte d'un café déserté de tous, et qu'il ne lui reste plus qu'à raccrocher et à aller se jeter du haut d'une falaise, comme cela arrive à d'autres chaque été.

« Non. »

La réponse de Norman, pour une fois, est rapide, assurée, ferme. C'est qu'il s'agit d'être enfin clair. À ce genre de questions, il connaît les réponses, alors il les fournit. Non, il ne viendra pas ce soir. Il ne juge même pas utile d'expliquer pourquoi. Pour lui, cela relève de la pure évidence. C'est comme une vérité mathématique. Norman n'a même pas l'impression de blesser Louise au plus profond avec ce « non ». Il est persuadé qu'il se contente de régler des détails matériels.

« Et les autres soirs, tu viendras ? »

Il faut boire le calice jusqu'à la lie. Il faut tout savoir, ne laisser planer aucun doute, dissiper tout malentendu, quitte à risquer la folie. Louise a besoin d'entendre qu'elle vient d'être quittée. Qu'une fois de plus, elle est celle qu'on n'a pas choisie.

« C'est trop tôt pour le dire. Et trop tôt pour se revoir. On doit retrouver un peu de calme. »

Un peu de calme ? Il ressemble au silence d'après la mort, son calme. Et ces « trop tôt » qui n'ont pas de sens, qui servent encore à biaiser, à ne pas affronter l'obstacle, qui sont un louvoiement. Ne peut-il pas affirmer clairement que leur histoire est terminée, qu'elle s'est achevée dans la clarté chancelante d'un dimanche soir de septembre, dans une tiédeur sucrée, dans le chaos d'une scène de ménage, dans un terrible moment de lâcheté ? Est-ce une confession trop difficile ? Vraiment, les mariages de raison ne devraient jamais perdre de vue ce qu'ils doivent, précisément, à la raison.

Au fond, elle se doutait que cette histoire s'achèverait de la sorte. Si elle était parfaitement honnête, elle irait même jusqu'à reconnaître qu'elle s'en doutait depuis le tout premier jour. En somme, elle n'est pas réellement surprise. Juste anéantie.

« Je te rappelle dans la semaine.
— Non. »

Cette fois, c'est elle qui dit non. Non, il ne la rappelle pas. Il ne la rappelle plus. Inutile de faire durer le déplaisir.

Louise contemple l'océan, aspire une grande bouffée d'air, fixe son attention sur un bateau dans le lointain. Puis elle revient dans le monde des vivants. Les amoureux accoudés à la rambarde de bois blanc devant chez Phillies ont disparu. Ils sont sûrement rentrés chez eux. Ou bien ils ont été engloutis dans le vacarme des vagues.

11.

Lorsqu'elle franchit la porte du café, lorsque le singulier tintement retentit, elle aperçoit les deux hommes, Stephen et Ben, qui tournent la tête subrepticement pour s'en retourner l'un à son légendaire comptoir, l'autre à sa non moins fameuse distraction. Si elle avait le cœur à sourire, sûrement qu'elle sourirait. Mais elle est un peu lasse, un peu écrabouillée.

Ils ont dû la regarder alors qu'elle passait son coup de fil, debout sur le trottoir et maintenant ils font semblant de ne s'être jamais extraits de ce qui était supposé les occuper avant qu'elle ne revienne dans le café. Alors qu'elle s'approche d'eux, ils font mine de découvrir sa présence mais elle se rend bien compte qu'ils l'observent comme si elle leur devait une réponse. On dirait qu'ils ont suivi sa conversation et qu'ils attendent qu'elle leur en fournisse sinon la substance au moins les éléments qui leur manqueraient. Elle n'a pas songé une seconde à les informer de ce qui lui arrive, il lui paraît évident qu'elle ne doit rien leur raconter, d'abord parce que tout ceci ne concerne qu'elle, ensuite parce qu'elle n'est pas très friande de confessions humiliantes. Pourtant, presque sans qu'elle l'ait commandé, sans qu'elle le décide, elle entend, en même temps que Stephen et Ben, le son de sa voix.

« Norman ne viendra pas. »

Oui, ça lui échappe. Ça sort d'elle, comme si c'était plus fort qu'elle. Ça prend le dessus sur elle. La détresse, parfois, prend ses aises.

Ben est seul en mesure de saisir le sens des mots qui viennent d'être prononcés. À son air accablé, Louise devine d'ailleurs qu'il l'a parfaitement saisie. Le serveur paraît écrasé de tristesse en une seconde. Il esquisse un mouvement nerveux vers elle, qu'il stoppe net parce qu'il a appris que Louise goûte peu les effusions et les marques de solidarité. Cependant, il voudrait, une fois encore, dire quelque chose, non pas poser des questions puisqu'il dispose de toutes les réponses en une seule, mais témoigner d'une sorte de « fraternité ». Aucun son ne sort de sa bouche, parce qu'il est ignorant des formules qu'il conviendrait d'employer, et parce qu'il est empêché de s'exprimer par la présence de Stephen. Parler maintenant, parler de Norman, ce serait violer l'intimité de

Louise, ce serait lui voler ce qui n'appartient qu'à elle. Le comptoir n'aura jamais été autant astiqué.

« Si je peux me permettre, qui est Norman ? »

Stephen, à son tour, entre dans le jeu. Il a facilement perçu qu'il en est exclu depuis quelques instants, et que Louise évoque une figure que seuls Ben et elle connaissent. Il a aussi déduit de l'annonce qui a été faite que, si ce Norman ne « viendra pas », c'est sans aucun doute possible qu'il devait venir. De cela, il n'a pas été averti. Il n'en fait le reproche à personne. Toutefois, comme un prénom est jeté en pâture, autant savoir à qui il appartient : cela évite de mourir idiot.

Louise est presque soulagée que Stephen ait posé la question. C'est un soulagement étrange. On se propose de lui enlever un poids : elle va s'en délester. Après, peut-être, elle se sentira moins lourde, moins tirée irrésistiblement vers le bas. Parler, c'est l'occasion de redresser la tête. Elle aperçoit Ben qui l'observe du coin de l'œil, avec une pointe d'inquiétude. Il se demande vraisemblablement comment elle peut formuler les choses

« C'est l'homme avec lequel je formais un couple jusqu'à il y a cinq minutes. »

Le ton de la voix de Louise est plus persifleur que désespéré, plus goguenard que franchement triste. Et curieusement, elle n'a pas eu à déployer beaucoup d'efforts pour dégoter ce ton-là. Les mots sont sortis comme ça, avec cette intonation narquoise. Cela ne signifie pas qu'elle n'est pas accablée, ou qu'elle aurait subitement appris à prendre de la hauteur. Cet apparent détachement ne la délivre en rien de la souffrance. Simplement, l'aveu n'est pas pénible. À l'usage, il pourrait se révéler salvateur, songe-t-elle pour elle-même.

Stephen, lui, marque la surprise. Il apprend dans la même phrase que Louise vivait en couple, ce dont il aurait pu se douter mais qu'il avait toutefois quelque difficulté à envisager, et que ce couple vient d'éclater à l'occasion d'un coup de téléphone qui aurait pu être anodin. Il lui vient à l'esprit également que, sans ce coup de fil, lui, Stephen, aurait été conduit à faire la connaissance du fameux Norman. Il croit intuitivement qu'il n'aurait pas aimé ça. Il y a des séparations qui tombent à pic.

Tout de même, il devine qu'il doit dire quelque chose, ne pas demeurer avec cet air interloqué, cet air imbécile, oui, il comprend mieux le geste interrompu de Ben, tout à l'heure, cette tentative affectueuse. Mais il n'est pas Ben. Lui n'est pas interdit de parler, ni même tenu à une sorte de réserve. Il a, au contraire, un devoir presque impérieux de s'exprimer. Il tient en horreur ces « devoirs impérieux » et il sait à l'avance qu'il ne sera pas meilleur sur ce coup qu'il ne l'a été quand il s'est agi d'évoquer le souvenir de la sœur défunte. En somme, il ne dispose que de quelques secondes pour se retrouver à côté de la plaque.

« Je suis navré. »

Il avait prévenu : il n'est pas doué pour les situations délicates. Pouvait-on dénicher expression plus plate, plus convenue ? Cela ferait presque sourire. Et puis, cette élégance dans l'intonation comme si on s'adressait des condoléances dans un décor bourgeois... Non, vraiment, il ne possède pas le sens des formules et encore moins celui des situations. Il est gêné, bien sûr, d'autant que Louise l'observe avec un air dépité, presque consterné. Il en deviendrait touchant.

« Vraiment, je suis de tout cœur avec toi. »

Il opère une nouvelle tentative, comme ces gens qui essaient de se refaire au jeu et qui finissent plumés. Cette fois, il en fait trop. D'habitude, il fonctionne à l'économie. Si ça continue, on va le prier de s'en tenir là. Il veut croire que sa maladresse est le meilleur gage de sa sincérité. Toutefois, il doit à l'honnêteté de concéder que ce n'est pas la rupture qui lui est annoncée qui le désole, mais bien la tristesse de Louise, et cette sorte de fatalité qui s'acharne sur elle. Louise a perdu la main avec les hommes.

« J'ai fait l'expérience, moi aussi, de quelques séparations. Je crois que je devine les dégâts que ça peut produire. »

Voilà : il ne trouve que la franchise pour contrebalancer l'effet sans doute désastreux de ses phrases compassées. Tout à coup, l'authenticité et la spontanéité lui semblent les seuls moyens de s'extirper d'une ambiance devenue lourde. Le moment est peut-être venu de se livrer pour qu'on sorte de cette gangue, de tout mettre sur la table pour qu'on soit enfin à égalité, de tout expulser pour qu'on puisse se sentir soulagé. Stephen Townsend fait à Louise Cooper un cadeau qu'il ne lui avait jamais fait.

« Je ne reviendrai pas sur notre propre séparation. Nous savons, toi et moi, intimement, les efforts et le temps qu'il a fallu pour s'en déprendre. »

Stephen aborde cette question pour la première fois. Il n'est pas coutumier, chacun le sait, de ce genre de confidences. Il a horreur d'évoquer le passé et il ne reconnaît pas aisément ses névralgies personnelles. Bien sûr, il en parle pour indiquer qu'il n'en parlera pas. Il est tout entier dans ce paradoxe, d'ailleurs. Mais le fait même qu'il nomme ce qui est survenu constitue un événement. Louise ne réplique pas à son observation. Elle se contente de fixer Stephen, droit dans les yeux. S'il parvenait à soutenir son regard, il y apercevrait autant de rancune que de gratitude.

« Tu dois savoir que ma séparation d'avec Rachel n'est pas seulement pénible, elle est un peu sordide aussi. Je suppose que les mauvais mariages font les mauvais divorces. »

Il est prêt à raconter l'histoire, maintenant. Maintenant qu'ils en sont là. Maintenant qu'ils sont capables de partager leurs existences déboussolées, leurs ménages décomposés, leur trentaine ratée. Il est prêt à raconter non pas comment Rachel a fait intrusion dans le couple qu'ils formaient, Louise et lui, cet épisode-là, Louise le connaît par cœur, mais comment elle est restée dans sa vie, comment elle s'en est emparée, comment elle l'a gangrenée. Cela s'est insinué progressivement, insidieusement, passé les premiers temps de la séduction, de la frénésie. Rachel s'est imposée tranquillement, elle est entrée dans la place et a fait en sorte de ne pas en être délogée, elle s'est installée, et, un jour, elle est devenue celle qu'elle rêvait d'être à vingt ans : Mme Stephen Townsend. Elle a patiemment tissé sa toile. Un travail admirable, une œuvre de longue haleine, si on y songe. On pourrait presque applaudir.

Peu de temps après leur mariage, les choses ont commencé à se dérégler. Finie la séduction. Place à une existence rangée, où chacun devait tenir son rang. Il a fallu trouver une maison, construire un quotidien avec des beaux-parents à visiter, du gazon à tondre, des brocantes à faire, des théâtres où se montrer, des cérémonies officielles dans lesquelles parader, des rendez-vous chez le coiffeur ou le dentiste, et puis aussi une famille à fonder. Car Rachel est tombée enceinte très vite. Arthur, l'aîné, a déjà quatre ans. Stephen a été décontenancé par l'annonce de la grossesse de Rachel. Il n'avait pas réellement songé à avoir des enfants. Ça lui est tombé dessus, comme à d'autres le ciel sur la tête. D'autant qu'il était persuadé que Rachel continuait de prendre la pilule. Elle lui a avoué ingénument avoir, en fait, arrêté sans imaginer qu'elle tomberait enceinte. Il ne l'a pas crue mais ne s'en est pas ouvert à elle. Une forme d'élégance, pour certains. De lâcheté, pour d'autres. Il a, néanmoins, fait observer que cette paternité lui semblait soudaine, qu'il n'y était pas véritablement préparé, et qu'il préférait se donner un peu de temps afin d'être tout à fait prêt. Rachel n'a rien voulu entendre à cette requête à peine déguisée d'avortement. Dans sa famille, on n'avorte pas, on s'en remet à Dieu. Stephen s'est senti pris au piège. Arthur est né au cours de l'hiver suivant.

Stephen aime son fils, ses fils. Au fond, ils l'ont diverti de l'ennui profond où l'a plongé son mariage. Car ce qu'il reprocherait à Rachel, c'est bien cela : d'avoir fait de leur vie quelque chose d'ennuyeux, de convenu, de terne. Plus de surprise, plus de saveur, juste une longue litanie, une déclinaison à l'infini des mêmes moments, une succession d'habitudes et de rendez-vous prévisibles avec les mêmes couples d'amis, une duplication des vacances dans les mêmes endroits, une répétition des mêmes phrases ordinaires. Il lui vient l'image d'une colonne vertébrale sans la chair. Un squelette. Une chose dure et morte et friable.

Vincent est né il y a moins d'un an. C'est horrible à dire mais leur deuxième fils ne doit la vie qu'à leur tentative de sauvegarder leur mariage, de le sauver de la débandade, de la déroute. Oui, un enfant comme une bouée de sauvetage, comme une ultime chance avant de tout devoir abandonner, une dernière carte avant de concéder la défaite. Mais ça n'aura pas suffi. Ils n'auront rien sauvé. Le naufrage avait commencé bien avant que l'enfant soit conçu

Stephen aime ses fils, il le répète, au cas où Louise ne le croirait pas. Elle ne doit nourrir aucun doute à ce propos. Ça ne compte pas, les circonstances dans lesquelles ils ont été conçus tous les deux. Peu importe qu'il s'agisse d'accidents ou de mauvaises raisons. Ils sont là, ils grandissent et il les aime. Il prétend que les enfants sont la plus précise et la plus cruelle mesure du temps qui passe. Les enfants l'ont fait vieillir.

Il se demande à quelle fréquence il les verra, une fois que le divorce aura été prononcé. Il sait que les voir moins ne le fera pas vieillir moins. Il sait aussi qu'ils lui manqueront, même si, lorsqu'il sera autorisé à les tenir entre ses bras, il apercevra, dans leur visage, le visage de leur mère et, en conséquence, le souvenir peu agréable d'une vie conjugale désastreuse. Il sait enfin qu'ils le ramèneront, sans malignité, à sa jeunesse perdue, à ses plus belles années gâchées.

Louise songe qu'elle n'a pas d'enfants, qu'elle n'a pas connu la maternité. À ceux qui l'interrogent sur ce sujet, elle répond que c'est une décision délibérée. Mais, à la vérité, elle ne saurait plus faire la part de ce qu'elle a choisi et de ce qui s'est imposé.

Pour finir, Stephen tient à insister, alors que rien ne lui a été demandé, sur les détails matériels du divorce en préparation, sur le caractère obscène des négociations entre avocats, sur l'atroce mesquinerie des partages. Il évoque les revirements spectaculaires de quelques prétendus amis ou alliés, les regards de haine que les anciens époux s'adressent, les règlements de comptes et les bassesses. Il ne se souvient qu'avec une grande difficulté qu'il y a eu de l'amour entre eux deux. Il est convaincu que tous les torts lui seront attribués.

« Après tout, c'est moi qui l'ai trompée. »

Louise a écouté tout cet exposé sans prononcer un mot. Elle demeure médusée par la franchise de Stephen qui ressemble à une catharsis. Elle découvre ce qu'elle n'aurait pu soupçonner, même dans ses rêves de vengeance. Elle constate que ce qu'elle avait prédit, sans trop y croire, s'est réalisé et même que ses prédictions ont été largement dépassées. Elle n'en retire aucune satisfaction, vraiment. Elle a, dans la bouche, un affreux goût de cendre. Elle médite, à son tour, sur les années abîmées.

Ben, lui non plus, n'a pas bronché. Il essaie de comprendre comment deux jeunes gens flamboyants et amoureux, dans l'appétit de leurs vingt ans et un peu plus, sont devenus ces trentenaires peut-être aigris, en tout cas amers, et qui, sans l'avouer, se consument dans le douloureux regret de ce qu'ils ont été.

12.

Le crépuscule de Cape Cod tombe sur les vérandas des villas avoisinantes, où de jeunes femmes aux épaules découvertes ont profité jusqu'au dernier moment des rayons du soleil. Des chaises à bascule grincent avec le vent léger qui se lève, qui arrive maintenant de l'océan. Une balançoire bouge sans que nul ne l'actionne. Un frisson parcourt les dunes et agite les fils électriques pendus aux poteaux qui longent la route de la côte. Un drapeau américain claque dans l'indifférence. Ici, on ferme une fenêtre ; là, on allume une lumière. Un peu plus loin, sous un ciel orangé, les barques tanguent comme des ombres et des mâts font entendre leurs grelots. C'est un instant de Chatham, Massachusetts.

Chez Phillies, il ne viendra plus de client, pour sûr. Les dimanches se suivent et se ressemblent, en somme. C'est à se demander pourquoi on persiste à rester ouvert. Le vieux Carter a une explication : il prétend que le café est un phare et les phares ne ferment jamais, ils éclairent les nuits. Ben a un peu l'impression d'être un gardien de phare. Louise et Stephen ne songent pas à partir. Le silence du café les protège et personne ne les attend.

C'est cela qui leur est arrivé : plus personne pour les attendre. Ils sont seuls, comme ne le sont que les vieillards. Ils ont le regard hagard de solitude. Ils ont le souffle court des épuisés. Ils ont les gestes ralentis des plus démunis. Ils s'abritent dans un café improbable, à l'extrémité d'un continent. Ils égrènent leur vie comme d'autres des prières, en roulant des chapelets entre leurs doigts osseux. Ils sont parvenus au terme de quelque chose, sans être en mesure de discerner encore ce qui pourrait commencer pour eux. Ils se sont égarés.

Dans cet égarement qui les réunit, ils seraient presque capables enfin de se parler calmement, et de laisser venir entre eux une manière de douceur. Il fallait sans doute que les abcès crèvent, que la mauvaise mémoire soit expiée, que les aveux soient consentis, que la place soit nette pour qu'ils soient finalement aptes à s'adresser l'un à l'autre sans arrière-pensée, sans invective, sans remords ni rancune, sans aigreur. Et s'il suffisait désormais de se laisser aller, de ne plus se poser de questions, d'accepter le moment comme il se présente ?

Ce serait comme une décontraction, une tension qui se relâche, un bras qui se détend, une main qui s'ouvre, comme lorsque les efforts ou les étreintes s'achèvent.

« Tu es au moins aussi mal à l'aise que moi, c'est rassurant, mais nous avons fait le plus délicat, n'est-ce pas ?

— Le plus délicat, je ne sais pas. Le plus dur, certainement. »

Louise acquiesce aux propos de Stephen mais ne peut s'empêcher de les corriger un peu, toujours à son souci d'exactitude. Oui, ils éprouvent désormais des sensations semblables : l'inconfort initial a cédé la place à un trouble plutôt agréable, l'embarras du début a disparu au bénéfice d'une sorte de timidité affectueuse. Oui, c'est tranquillisant de savoir qu'ils ont suivi un parcours similaire, qu'ils se sont accompagnés, sans en avoir conscience, jusqu'au point où ils se trouvent. Oui, ils ont vaincu des périls, triomphé d'un certain nombre d'obstacles mais ils l'ont fait sans l'aide de l'autre, à la force de leur seule volonté, ils ont puisé au fond d'eux-mêmes l'énergie nécessaire. Désormais, ils doivent se confronter l'un à l'autre, exister à nouveau comme un duo, comme une paire. Louise a raison de douter qu'ils aient accompli le plus délicat.

« J'ai souvent pensé à toi. C'était toujours une pensée gaie.

— Moi, j'ai vécu avec ton fantôme. C'était souvent une pensée sombre. Mais, à la fin, nous nous retrouvons. »

Ils connaissent leurs différences d'appréciation. Stephen ne sous-estime pas la tristesse passée de Louise même si cet état lui est tout à fait étranger. Vrai, à chaque fois qu'il pensait à elle, c'était plaisant. Il se rappelait les jours heureux, les rires, l'insouciance, la frivolité, la fluidité. Se rappeler cela, c'était sa façon de rendre hommage à ce qu'ils avaient été, de les protéger d'une désuétude misérable. Sa façon encore d'échapper à l'assourdissant silence de sa nouvelle existence, à l'ennui terrible de noces erronées. Elle, bien sûr, conservait surtout une amertume. Et puis, il suffisait qu'elle imaginât Stephen entre les bras de Rachel pour que sa souffrance fût indépassable. Le corps de Stephen lui a manqué horriblement : ce manque-là englobait tous les autres, il l'a amenée aux portes de la démence. Voici, en effet, qu'ils se rejoignent enfin.

« Avais-tu imaginé cela ?

— Non, je me suis forcée à faire du tri dans mes souvenirs. Et à concevoir mon existence en dehors de toi. Mais, rassure-toi, la douleur, je l'ai surmontée. Au fond, tu m'as donné de l'énergie. »

Et c'est vrai que ce qu'elle a construit, ce qu'elle est aujourd'hui, elle le lui doit, à certains égards. Les pièces de théâtre, elle ne les aurait pas écrites s'il était resté à ses côtés. Elle s'était bien essayée à écrire au temps de leur relation et elle avait fini, après beaucoup d'efforts, de recommencements, de ratures par accoucher d'un texte un peu bancal mais qu'elle aimait bien pourtant. En réalité, elle n'est devenue véritablement féconde qu'après leur rupture, elle s'est jetée à corps perdu dans l'enchantement de l'écriture, elle a produit ses textes les plus convaincants. L'absence de l'homme n'a pas été absolument nécessaire mais la disponibilité que cette absence lui a offerte lui a permis de se lancer dans des tentatives plus ambitieuses. Elle a connu le succès après son départ. Elle ignore s'il faut y voir un lien mais la séquence est très claire.

L'énergie de continuer, elle l'a puisée dans le désir, indivisible et fondamental, de refaire sa vie, de démontrer qu'elle en était capable, que c'était une chose possible. La rage d'écrire, elle est indexée sur sa volonté d'en découdre, d'en remontrer, de « se reconstruire », comme on le dit dans le charabia psy. On jugera cela pathétique et elle est prête à admettre que ça l'est sûrement. Mais elle est convaincue que l'écriture l'a protégée de la disparition pure et simple.

« À moi, tu as donné pour toujours le goût de l'indépendance. Je serais incapable d'y renoncer désormais. »

En effet, Stephen a appris d'elle qu'on peut vivre avec quelqu'un sans empiéter sur son existence, sans lui demander directement ou sournoisement de renoncer à ce qu'il est profondément. Il a sans cesse été frappé par le respect absolu, non négociable, de Louise pour la liberté d'autrui, par son refus presque intégriste de le faire changer, de l'amender. Elle racontait souvent, en plaisantant, qu'elle avait reçu Stephen dans un état et qu'elle le rendrait dans le même état, qu'on ne pourrait pas lui adresser le reproche de l'avoir déformé, rabougri, écorné, ni même amélioré d'ailleurs. Elle n'a touché, en fin de compte, à aucune de ses qualités ni à aucun de ses défauts. Elle a tout laissé intact. Il n'a jamais eu à se renier, à se dédire, à se corriger. Il a été libre de tous ses choix. Cette impunité, il en a découvert la valeur inestimable au lendemain de ses noces. Trop tard.

Et tout à coup, ils s'observent avec tendresse, avec une sorte de gratitude. C'est un regard comme une reconnaissance de dettes. Un regard comme un pardon aussi, pour la douleur ou pour le manque. Un regard comme un regret enfin, de ce qui a été, de ce qui aurait pu être.

Ils se parlent et ils s'observent sans véritablement se soucier de Ben, non qu'ils l'ignorent mais parce que ça ne les embarrasse pas qu'il perçoive des bribes ou même la totalité de leur conversation, qu'il assiste à leur réconciliation. Dans les grandes occasions, mariage, duel, crime, on a besoin d'un témoin. Ben est le témoin idéal, qui agrée aux deux. Et discret avec ça. En fin de compte, leurs retrouvailles n'auraient pu se dérouler hors de sa bienveillante présence.

« Benjamin, vous ne dites rien. Mais vous qui nous connaissez par cœur, mieux que nous ne nous connaissons nous-mêmes peut-être, vous devez bien avoir une opinion sur ce qui se passe dans ce café, non ? »

Non, Ben ne dit rien, parce qu'il n'a jamais rien dit, parce que les serveurs de café, ça ne dit rien, ça écoute, ça acquiesce, ça opine et ça continue de balayer parce que c'est payé pour ça. Un serveur, ça a cet air concentré en même temps que distrait, ça donne l'impression de s'intéresser à votre conversation mais c'est déjà en train de vous faire comprendre, juste avec les yeux qui partent dans une autre direction, qui signifient un empressement, que ça doit s'occuper des autres clients, ça voudrait bien rester là, à parler avec vous mais ça a des obligations, un service. Et quand ça parle, c'est uniquement pour énoncer des banalités, des choses à propos du temps, du gouvernement, des impôts, rien d'important, quoi, rien qui retienne l'attention, c'est là comme un bruit de fond, un ronronnement familier, ça vous renvoie la balle pour que vous poursuiviez votre histoire. Ben, il pense qu'il est un serveur de café comme les autres, qu'il n'échappe pas à ce déterminisme, il s'accommode d'ailleurs très bien de sa condition, il n'en changerait pas, il ne voit pas pourquoi il en changerait. Bien sûr, certains clients sont moins drôles que d'autres, il faut de la patience, parfois, et prendre sur soi, pour ne pas s'emporter. En certaines occasions, il est sur le point de perdre son calme, abandonner sa placidité, crier un bon coup, mais il y a Phillies, qui observe du coin de l'œil, qui interdit tout dérapage de sa seule présence muette et massive. Alors, Ben ne dit vraiment presque rien. Et voici qu'on lui demande subitement de s'exprimer, de formuler une opinion, et de la prononcer, qui plus est, dans un silence de cathédrale – le brouhaha, lui, il préfère, c'est son ordinaire –, de prendre la parole devant un public attentif. D'accord, ils ne sont que deux à composer le public, mais ces deux-là sont précisément ceux à propos de qui on l'interroge. Pour sûr, il n'y arrivera pas, ça n'est pas son truc. Pourquoi Stephen a-t-il émis une idée aussi saugrenue ? Pourtant, ça n'est pas un mauvais bougre. C'est à se demander ce qui lui a pris, pour embarquer Ben dans une telle galère. Ben ne lui en veut pas, mais il ne comprend pas bien le sens et l'utilité de sa question.

Louise, non plus, elle ne comprend pas ce que Stephen cherche. Elle sait que Ben n'osera pas prendre la parole, que ça n'est pas dans ses habitudes de parler, et puis qu'il n'a pas d'avis particulier sur le sujet qu'on le presse d'évoquer et, du reste, c'est bien normal. Cette façon de le prendre à témoin, c'est un peu grotesque, un peu déplacé. Louise ne veut y déceler qu'une des légendaires maladresses de Stephen, ou le souci de créer une diversion dans cette intimité qui s'immisce sournoisement entre eux. Elle ne trouve pas d'autre explication. Elle contemple Stephen et ne détecte dans son comportement aucune malice, aucune malignité. Oui, vraiment, il aura voulu reprendre son souffle, voilà tout.

Stephen est prêt à concéder, en effet, que son apostrophe est peut-être inappropriée. Il ne saurait pas expliquer pourquoi il s'est proposé, soudainement, de faire entrer Ben dans leur jeu.

C'est sa présence immobile, rassurante, familière qui l'a décidé, sans réfléchir, à l'interroger. Ben était là, disponible, affable. Stephen a eu l'impression qu'il appartenait à leur vie depuis toujours, et qu'il ne devait pas uniquement être un meuble. Il a souhaité qu'on n'occulte pas son humanité.

« Pour tout dire, je suis content de vous revoir ensemble. Je me rends compte que ça m'a manqué. »

De façon spectaculaire, Ben finit par se jeter à l'eau. Il prononce, calmement, sur le ton de l'évidence, une phrase toute simple, éclatante de sincérité, d'ingénuité, dénuée de tout calcul, de toute arrière-pensée, comme seuls les enfants sont capables de le faire. Et, avec cette seule phrase, il remet Louise et Stephen en présence l'un de l'autre, il les place face à la douceur partagée, face à l'intimité renaissante. Il leur renvoie aussi, à sa manière, le temps écoulé, la viduité des années de leur séparation, les morsures de l'absence, et la joie candide des retrouvailles. Un involontaire coup de maître.

Louise et Stephen s'adressent un coup d'œil furtif au même moment. Leurs regards se croisent à peine une seconde mais dans cette seconde-là, il y a les cinq années vécues en commun, revues comme dans ces flashs qui ne jaillissent, paraît-il, qu'à l'instant de mourir et il y a les cinq années traversées séparément, embrassées brutalement, soudain reconquises. Il y a tout ce qu'ils ont partagé et tout ce qui les a éloignés. Cette seconde les saisit comme le ferait une secousse électrique, les frappe comme la foudre. Ils se retrouvent là, pétrifiés, statufiés, figés pendant cette ridicule seconde qui pèse le poids d'une vie entière.

Il y a aussi, et pour la première fois depuis que Stephen est entré dans le café, la zébrure du désir. Tout à coup, ils ne sont plus uniquement leur passé ou leur passif, leurs amnésies criantes ou leurs remontrances muettes, ils sont des corps, des formes qu'ils connaissent bien, des peaux qu'ils ont souvent caressées, des bras qui leur ont servi à s'étreindre, des bouches qui se sont touchées chaque jour pendant cinq ans. Le désir, il est palpable. La violence qu'ils ressentent, qui les heurte tous deux ensemble, elle est physique. Ils s'en retournent aux origines.

13.

Dehors, le vent se lève, emporte un papier journal qui tourbillonne dans l'air, et qu'on croirait manipulé par un dieu invisible et facétieux. Les arbres bruissent comme si on les secouait, comme si on cherchait à en faire tomber les feuilles avant l'heure. Les herbes folles se couchent sur les dunes balayées par des rafales. Une des pancartes accrochées sur la devanture de Phillies claque. Cent fois que Ben explique que ça tuera un client, un jour, mais rien à faire : les réparations sont pour plus tard, les dépenses sont pour plus tard. Le soir tombe maintenant et il amène avec lui la menace d'un orage. Rien d'étonnant avec ces fichus temps lourds qui s'achèvent quelquefois par des éclairs terrifiants et des déluges brefs et furieux. On comprend que l'automne sera bientôt là.

Ben se dirige vers les bow-windows et les ferme pour éviter que de mauvais courants d'air ne viennent déranger la savante disposition de ses tables en faisant s'envoler ses nappes en papier ou ses menus. Louise le prierait volontiers de laisser ouvert encore un peu, pour qu'un semblant de fraîcheur pénètre, pour qu'ils s'extirpent de cette épouvantable moiteur qui colle les cheveux aux tempes, qui imprime les vêtements sur les dos mais elle n'en fait rien car elle constate comme Ben que l'orage arrive, apporté par le large. Elle sait que ça éclatera en quelques minutes, que, si Ben ne prend pas des précautions, il faudra tout à l'heure parer au plus pressé, se précipiter sur les fenêtres qui claqueront, risquer d'être trempé par les grosses gouttes chaudes qui s'écraseront contre la façade. Ben est un garçon raisonnable, sensé, mais Louise voudrait juste pouvoir respirer.

Stephen se plaint d'être mal installé sur les tabourets disposés près du comptoir et suggère à Louise d'aller s'asseoir sur les banquettes en moleskine. Dans le même mouvement, il demande à Ben s'il ne pourrait pas leur servir quelque chose à manger, quelque chose de simple, un club sandwich, des chips, des oignons, du coleslaw s'il en a. Il ne veut pas d'un plat chaud, juste de quoi se caler l'estomac, il a un peu faim, il n'a presque rien avalé au déjeuner, le repas en tête à tête avec sa mère dans la maison de Hyannis a été sinistre. À Ben qui l'interroge pour savoir ce qu'elle souhaite, Louise répond qu'elle grignotera, qu'elle picorera dans l'assiette de Stephen. Et cette remarque banale leur rappelle à tous les trois que Louise s'est toujours comportée de la sorte : elle ne s'alimentait jamais vraiment, elle se contentait de voler à Stephen un peu de ses frites, des feuilles de salade, des rondelles d'oignon cru qu'elle mangeait du bout des doigts. On reprend aisément des habitudes.

« C'est comme si c'était fait. »

Cette expression aussi, elle leur est étrangement familière. Louise songe qu'elle a forcément tort d'accorder de l'importance à ce genre de détails et s'en veut de sombrer dans une nostalgie de mauvais aloi. Stephen, de son côté, est ravi des tours que sa mémoire lui joue, de ce qu'elle lui redonne alors qu'il ignorait l'avoir perdu. Pour Ben, il ne s'agit que d'une phrase qu'il répète cent fois par jour. Il reconnaîtrait toutefois volontiers, si on le questionnait à ce sujet, que ses clients ne sont pas tout à fait ordinaires et que les termes les plus anodins, en conséquence, peuvent ne pas l'être non plus.

Ben pousse énergiquement les portes battantes qui conduisent à la cuisine. Il disparaît et laisse Louise et Stephen seuls avec le battement des portes qui doucement se ralentit. Des passants qui s'arrêteraient un instant apercevraient, de la rue, leurs silhouettes découpées sur le mur, des formes humaines et immobiles, et les croiraient reliées l'une à l'autre, indissociables. Ces passants raconteraient que, chez Phillies, une fois de plus, il n'y a personne, sauf un couple qui attend de dîner, sûrement des gens de Boston venus passer le week-end et qui se sont arrêtés pour grignoter un morceau avant de reprendre la route et de retrouver leur appartement. Les apparences, tout de même, sont trompeuses.

« Que vas-tu faire maintenant ? Je veux dire : maintenant que Norman... »

Il n'achève pas sa phrase, c'est inutile. Chacun devine ce qui se loge dans les points de suspension. Il est juste un peu surpris de s'entendre prononcer ce prénom, Norman, qu'il n'est pas habitué à prononcer, qu'il n'est pas capable d'associer au moindre visage, au moindre événement du passé. Car, en effet, l'utilisation de ce prénom laisse accréditer une familiarité que tout, évidemment, dément. Stephen ne sait rien de cet homme. Sauf qu'il ne viendra pas. Qu'il ne viendra plus. Ça n'est pas vraiment suffisant pour s'inventer une intimité.

Louise aussi est décontenancée d'entendre ce prénom dans la bouche de Stephen. Elle lui trouve une sonorité qu'elle n'avait jamais entendue. Cette sonorité la choque, comme une grossièreté, comme un viol. Parce qu'elle estime qu'en s'autorisant à employer ce prénom, Stephen se l'est, d'une certaine manière, approprié, Louise a brutalement le sentiment d'être dépossédée de sa propre histoire. Curieusement, elle n'en tient pas rigueur à Stephen : cette dépossession qu'il lui impose sans le faire exprès ressemble à une petite mort et elle lui saurait presque gré de la précipiter. L'incongruité de l'association créée par Stephen entre Norman et lui-même accélère un processus de décomposition.

L'ancien amant a conscience de l'audace qu'il y a à évoquer un de ceux qui l'ont remplacé dans le cœur et dans la vie de Louise. Ce sont des choses qui ne se font pas généralement, notamment parce qu'elles amènent presque automatiquement à établir des comparaisons peut-être scabreuses. Cela se pratique d'autant moins quand l'intéressé vient de provoquer une rupture. On pourrait y déceler une forme de provocation, ce qui, après tout, serait bien dans la manière de Stephen.

Il voudrait assurer pourtant qu'il n'est nullement dans son intention d'être provocant ni de mettre Louise mal à l'aise, bien sûr. Dans son interrogation, il n'entre pas de malice, pas de méchanceté non plus. Maintenant que leur intimité est en passe d'être rétablie, il lui paraît presque naturel de s'enquérir des dispositions d'esprit de Louise et, en particulier, de vérifier qu'elle n'est pas démesurément affectée par la nouvelle reçue tout à l'heure. Pourquoi ce qui serait assimilé à une sollicitude de bon aloi de la part du premier venu est-il considéré de façon soupçonneuse dès lors que les mots de la compassion émanent de lui ?

Louise ne s'est pas posé la question que Stephen lui adresse. Elle n'en a pas eu le temps, à l'évidence. Pas l'envie non plus, sans doute. Elle vient d'être placée devant un fait accompli. Qu'on lui laisse au moins le loisir de s'y habituer. Et puis, elle a horreur de réagir à froid. Elle est de ces femmes qui tiennent le choc à l'instant précis où les pires tragédies leur sont annoncées, qui ne s'écroulent pas. De celles qui sauvent les apparences. Même pas pour autrui, mais pour elles-mêmes, très égoïstement. Louise pense qu'en ne pliant pas les genoux, on surmonte les épreuves. Elle croit dur comme fer que le fait de ne pas s'effondrer physiquement est le gage d'une victoire mentale. Elle a l'occasion de déchanter après coup, lorsque, dans la solitude retrouvée, dans le calme revenu, elle se remémore les événements qui se sont produits et que le choc la fait valdinguer avec la plus extrême des violences.

Donc là, tout de suite, Louise est encore capable de se tenir droite. La question de Stephen vient trop tôt.

« Je n'en ai pas la moindre idée. Je verrai bien. Tout cela n'a pas tellement d'importance... »

Minimiser en toutes circonstances. Afficher une sorte de détachement. Ne pas nier la douleur possible, non, mais la rendre lointaine, inconsistante. Se montrer énigmatique afin que ceux qui écoutent mettent entre les lignes ce qu'on ne saurait pas y mettre soi-même. Gagner du temps. Louise fait tout ça à la fois. Pourtant, la souffrance est inévitable, la vacuité de sa vie amoureuse va lui sauter à la figure, la succession de ses échecs sentimentaux va la faire s'interroger un peu plus encore, son incapacité à garder les hommes va alimenter sa tendance naturelle à l'inquiétude, à l'intranquillité.

Stephen non plus n'est pas dupe. Il a eu droit, à plusieurs reprises, par le passé, à ces répliques à l'emporte-pièce, qu'il dénicherait vraisemblablement dans le théâtre de Louise s'il décidait d'y fouiller. Il regrette que Louise ne consente pas à lui confier sa tristesse, en toute transparence, en toute simplicité. Il saurait la prendre avec lui, cette tristesse, oui, il saurait l'en délester. Il n'a posé sa question que dans ce seul but. Il déplore qu'elle n'ait pas su discerner mieux ses intentions, ou qu'elle ne l'ait pas souhaité.

« Et toi, que vas-tu faire, une fois que le divorce aura été prononcé ? Tu as des projets ? »

Elle reprend la main parce qu'elle ne peut pas s'en empêcher. Elle méprise cette dépendance qu'elle s'est découverte après sa rupture avec Stephen. Elle ne tient pas à la retrouver. Elle ne tient pas à être celle qu'on plaint, celle qu'on cajole, celle qu'on tient en laisse. Elle a besoin de croire qu'ils sont à égalité. Elle livre encore un match, la malheureuse. Mais, au tréfonds d'elle-même, elle suppute qu'il faudrait pourtant en finir avec la dureté, avec la résistance, assumer de baisser la garde, s'abandonner. Il sera toujours temps plus tard.

Elle a envie aussi de savoir ce que peut être la vie de Stephen Townsend débarrassée de Rachel Monroe. Là encore, elle est tentée par la revanche, par la nécessité d'avoir le dessus, d'autant qu'elle aura dû attendre des années avant d'être en mesure de savourer une victoire qu'elle n'espérait plus. Pourtant, cette victoire est déjà une cendre froide, sa vanité ne peut durer davantage que quelques instants, et il est sans doute temps de dépasser tout cela, de regarder devant plutôt qu'en arrière éternellement.

Il est enfin un aveu qu'elle doit formuler pour elle-même, une introspection à conduire avec honnêteté. Tout à l'heure, lorsque Stephen a indiqué que Rachel et lui s'étaient séparés, oui, elle a songé, même si ça n'a duré qu'un centième de seconde, que cette information pouvait avoir une influence sur le cours de son existence. Oui, elle a pensé que cela pouvait changer quelque chose pour elle. Elle est bien obligée de l'admettre. Bien obligée d'admettre que, malgré l'écoulement effrayant des années, malgré les satisfactions procurées par le théâtre, malgré sa relation avec Norman qui, alors, existait encore, elle n'a pas réussi à se retenir d'y penser.

En vérité, elle a secrètement espéré ce moment cinq années durant. Elle est frappée de constater qu'on ne renonce jamais vraiment aux espoirs les plus insensés. De manière biscornue, elle pense à ces femmes argentines, les Folles de la place de Mai, qui attendent, contre l'évidence, depuis trente ans, le retour d'un fils ou d'un mari. Elle tente d'imaginer leur visage si elles voyaient soudain leur disparu se présenter devant elles. Elle a ce visage-là.

« Il faut que je songe à refaire ma vie. Pourtant, je ne sais pas si on peut refaire sa vie. »

Louise ne renierait pas une telle façon d'énoncer les choses. Pourtant, c'est bien Stephen qui s'interroge. Et ce questionnement paraît si curieux chez lui qu'elle doute un peu de sa sincérité. Il résonne comme une tentative de manipulation. Stephen voudrait-il qu'on s'apitoie sur son sort, et qu'on se précipite pour le rassurer, pour dissiper ses idées noires et ses sombres présages ?

Et brusquement voici que Louise est saisie d'un doute affreux, d'une pensée vénéneuse : et s'il n'était venu la retrouver que parce qu'il est seul pour la première fois et qu'il ne sait pas se débrouiller avec sa solitude ? et s'il était en train de tenter de la reconquérir simplement pour ne pas rester sur un échec ? et si elle n'était que l'unique alternative trouvée à son malheur récent, la plus évidente, la plus facile ? et si une fois de plus Stephen Townsend cherchait à se sauver par pur égoïsme et si Louise n'était que l'instrument le plus immédiatement, le plus naturellement accessible pour ce sauvetage ? Cette cogitation la glace d'horreur, fait courir un horrible frisson le long de sa colonne vertébrale. Elle ne parvient pas à oublier que Stephen est aussi un être narcissique, préoccupé d'abord par son propre salut, et dont le plaisir personnel compte toujours un peu plus que celui de l'autre. Il s'est en permanence sorti des situations les plus défavorables, et il est capable du plus parfait cynisme quand il s'agit pour lui d'obtenir ce qu'il vise. Sous ses airs d'enfant maladroit, d'homme élégant, se dissimule un grand carnassier.

La réflexion qu'elle mène en silence, dans l'effarement, retranche Louise un peu plus encore dans ses certitudes, dans la conviction qu'il convient de ne jamais se livrer tout à fait, de ne pas se mettre à découvert, de ne pas se laisser fléchir tant qu'on ne mesure pas exactement ce qu'on risque, tant qu'on ne cerne pas les intentions réelles de l'autre derrière les discours rassurants ou les déclarations touchantes.

Stephen serait blessé si elle doutait de sa bonne foi. Il comprendrait qu'elle se méfie puisque, dans le passé, elle a reçu des coups et que ces coups, c'est lui qui les lui assenait. Mais son désarroi est authentique. Il ne triche pas avec ses égarements, ses chagrins. Ils lui sont trop difficiles à confesser pour qu'ils soient fabriqués. Il n'exposerait pas son trouble, son tourment s'ils n'étaient pas véritables. Sa pudeur, au fond, l'emporte sur les petits calculs auxquels il lui arrive de se livrer, il le reconnaît.

Vraiment, lorsqu'il explique que son horizon ne lui paraît pas dégagé, à l'image de ce ciel d'orage qui s'étire devant la baie vitrée de chez Phillies, il souhaite qu'on le croie. Il admettrait toutefois qu'on exige de lui des preuves.

Louise le regarde comme on scrute, comme si elle cherchait à lire au-dedans de lui. Elle l'observe jusqu'à le mettre mal à l'aise, comme on le ferait avec un coupable. Cela dure trop longtemps, ce regard d'elle sur lui. C'est comme une indécence. Lui, il se tortille sur la banquette en moleskine. Il jette un coup d'œil inquiet en direction des portes battantes de la cuisine, espérant que Ben va tout à coup en surgir afin de venir le délivrer de cette emprise. Mais les portes ne battent pas. Ils demeurent tous les deux seuls, saisis par cette introspection inquisitrice.

Mais progressivement, le visage de Louise se détend. Les traits se relâchent. Étrangement, on dirait qu'elle a trouvé une réponse. En vérité, elle se laisse prendre de nouveau au charme incroyable de l'homme. Elle ne voit plus que les yeux très verts, de ce vert qu'elle n'aperçoit jamais dans les eaux boueuses, noueuses de l'Atlantique, mais seulement sur les rivages des îles Caraïbes. Elle ne voit plus que la peau claire, juste un peu vieillie mais lisse encore, comme une dernière preuve de jouvence. Elle ne voit plus que les reflets roux de la barbe, des cheveux coupés court mais dont s'échappent ici ou là quelques boucles adolescentes. Elle ne voit plus que le front forcément intelligent, le nez fin d'où les lunettes ont disparu. Elle ne voit plus que l'homme qu'elle a follement aimé, et à qui elle est disposée, évidemment, à pardonner même les pires de ses turpitudes.

C'est dans cet instant de grâce et de recueillement, comme on en éprouve parfois dans certaines églises du côté de Harlem, que Ben vient les surprendre. Les portes battantes se sont enfin décidées à s'ouvrir. Le serveur apporte le club sandwich promis et une assiette de petits en-cas qu'ils vont s'empresser de dévorer. Stephen qui, il y a encore une minute, se serait jeté à genoux pour que Ben vienne mettre un terme à leur dérangeant tête-à-tête silencieux, regrette maintenant cette intrusion car il a eu le temps d'apercevoir dans les yeux de Louise cette expression qui était la sienne lors de leurs étreintes anciennes.

14.

L'orage tarde à venir. Les nuages, pourtant, sont bas. Le ciel s'est assombri et ça n'est pas seulement un effet de la nuit qui arrive. Le vent cogne contre les fenêtres. L'océan, là-bas, paraît s'emballer et les bateaux tanguent dangereusement. Mais ça n'éclate pas. Les éclairs se font désirer. La pluie n'est pas pour tout de suite. La chaleur en devient presque suffocante. Les arrière-saisons ont parfois quelque chose de tropical par ici. La Nouvelle-Angleterre, ce n'est pas toujours ce qu'on croit.

Louise et Stephen sont attablés devant le gigantesque sandwich que Ben a préparé et qui ressemble à un gâteau d'anniversaire. Lui croque à belles dents dans l'une des tours de pain de mie, de bacon, de laitue, de tomates, de fromage pendant qu'elle plante un pic dans les rondelles de cornichon disposées dans l'assiette avant de porter lentement son trophée à sa bouche. Ils mangent en silence et Ben les contemple presque amoureusement. Il est heureux que le « bon temps » soit revenu, que ce dimanche soir ressemble aux dimanches soir « d'avant », que la moleskine accueille à nouveau leur sérénité disparue.

Entre deux bouchées, Stephen se demande s'il arrive un moment où on s'avoue : « C'est terminé, ça n'est plus pour moi, mon tour est passé, il ne reviendra plus. » Il a trente-six ans, il est encore bel homme, il peut se prévaloir d'une bonne situation : *a priori*, il n'a pas de raison particulière de redouter l'avenir. Et cependant, il croit que les temps faciles sont derrière lui, que les années heureuses appartiennent au passé, que désormais, ce sera autre chose. Il va séduire encore, se remarier, un jour, qui sait ? poursuivre son ascension professionnelle, mais le bonheur ? mais la ferveur ? Quelle sera la saveur de ce qu'il lui reste à connaître, le goût de ce qui l'attend ? Ne devra-t-il pas se contenter d'un bien-être doucereux, d'un confort douillet, d'une existence sans aspérité, sans consistance ? Cette pensée l'effraie. C'est cette frayeur qu'il a tenté de transmettre tout à l'heure à Louise. Il devine qu'elle ne l'a pas compris ainsi, qu'elle a pris ça pour une coquetterie, une afféterie. Au fond, il est plus désespéré que ne le laissent présager les apparences. Mais après tout, il ne doit s'en prendre qu'à lui-même.

Pour lui, ce n'est pas tant une question d'âge que d'énergie. Il n'a pas vraiment peur de vieillir : il a peur de renoncer. Il a déjà renoncé une première fois. Il connaît la facilité de l'abdication, la fausse tranquillité qu'elle apporte, l'habitude qu'on en prend. Il sait qu'on peut se laisser aller, s'endormir, que tous les hommes de sa génération ont fait ou font ainsi, qu'il n'y a pas de honte à ça, que c'est une sorte de repos mérité. Pourtant, il n'a livré aucune guerre : quel repos mériterait-il ? C'est plutôt une petite mort, une résignation commode, ou une désertion si on tient à se situer dans l'imagerie militaire. Pour y échapper, il convient de lutter, de consentir des efforts. En se rendant chez Phillies, en escomptant y retrouver Louise, il espérait, en réalité, retrouver quelqu'un qui saurait lui redonner le goût et le sens de l'effort. Cette espérance est plus puissante que jamais au moment où il s'attaque à la deuxième des quatre tours qui constituent son club sandwich.

Louise se demande quel est le chemin parcouru par Stephen, et si on apprend de ses échecs. Son ancien amant est-il, selon l'expression qu'elle aime bien, « ni tout à fait le même, ni tout à fait un autre » ? Qu'a-t-il retenu des années passées avec elle, puis sans elle ? Quelle leçon tire-t-il de l'échec de son mariage, s'il en tire ? A-t-il perdu en frivolité et gagné en solidité ? Est-il enfin capable d'assumer ses émotions, d'aller au bout de ses choix, de quitter la surface ? Ses cornichons n'auraient pas le même piquant si elle disposait des réponses à ses questions.

Selon elle, on ne refait pas sa vie, on la continue en ne déviant pas de ce à quoi on croit et en apprenant de ce qu'on traverse. Elle sent bien que c'est un peu naïf d'énoncer les choses de cette manière, et qu'on la taxerait volontiers d'idéalisme propret. Pourtant, elle persiste. Elle est convaincue que le monde change, que la vie propose des épreuves mais qu'on peut rester soi-même et triompher de ces épreuves. En fin de compte, les souffrances font partie de l'existence, elles ne peuvent pas nous être épargnées mais elles valent cent fois mieux que des moments insipides, elles sont le prix à payer pour affirmer ce qu'on est et accomplir ce qu'on a décidé. C'est son rêve américain à elle. L'or qu'elle cherche à conquérir, à la manière des pionniers, les ambitions qu'elle nourrit ou les chimères après lesquelles elle court, elle les traque en elle-même.

De façon un peu incongrue, elle se rappelle que, décidément, la vie et le théâtre se confondent : il faut d'abord se répéter longtemps en soi-même les mots qu'on devra prononcer, travailler le rôle dans lequel on est distribué, façonner son personnage pour parvenir au plus près de sa vérité, puis apprivoiser ceux avec qui on va jouer la pièce, apprendre à les connaître, à se placer par rapport à eux, à faire porter sa voix pour qu'ils l'entendent, à trouver la bonne distance, le rythme qui convient, se tromper bien sûr, hésiter, recommencer, réclamer de la clémence ou du silence ou de l'attention, et se caler enfin, s'épouser afin d'être fin prêt pour la représentation. Et, le jour de la première, on se tient derrière le rideau, on tremble, on est au bord de s'évanouir, on redoute de ne pas y arriver, on sait que c'est désormais impossible de reculer, de se dérober. Mais qu'est-ce qu'on risque vraiment ? On se lance, on entre dans la lumière, on interprète sa partition, on prend conscience que ça coule tout seul, on bute une fois quand même sur une réplique qu'on connaît pourtant par cœur, qu'on a prononcée cent fois sans jamais buter sur elle, et on repart, on va jusqu'au bout. À la fin, quand le rideau tombe, si les applaudissements crépitent, on est joyeux, on voudrait être déjà au lendemain pour renouveler cet absolu miracle. Le temps entre deux représentations paraît interminable mais on le traverse aussi. Louise est persuadée que le théâtre contient toutes les réponses.

Stephen a fini de manger maintenant. Ben débarrasse les assiettes vides, propose un dessert : cheese-cake ? crumble ? brownie ?

mais Stephen est rassasié et décline toutes les propositions. Louise le regarde avec calme et tendresse. Elle glisse un peu sur la moleskine et sa robe rouge laisse entrevoir un genou. Elle repose sa tête contre le dossier de la banquette. Elle se sent curieusement bien. Elle pourrait rester des heures à ne rien faire, à demeurer seulement assise ainsi dans un café. Elle poursuit depuis toujours ce rêve d'oisiveté et de tranquillité. Elle est contente que Stephen se tienne à ses côtés, qu'il ne dise rien, qu'il lui permette de savourer cet instant tremblant.

Il commence à être tard déjà. Il leur faudrait rentrer, surtout si l'orage finit par éclater. Ils ont intérêt à prendre la route alors que le temps est encore sec. C'est si inconfortable de conduire sous des trombes d'eau, la nuit. Pour rejoindre Brewster, Louise n'en a que pour une vingtaine de minutes. En revanche, pour Boston, il faut compter plus d'une heure de route et le dimanche soir, c'est toujours embouteillé avec les retours de week-end. Ils sont des gens raisonnables : ils savent qu'ils doivent s'extirper du moelleux de la banquette, de la tiédeur du café, reprendre leur automobile, leurs habitudes. Ils aimeraient bien prolonger encore un peu ce moment de leurs retrouvailles, qui était si périlleux et qu'ils n'ont pas raté, tenir encore un peu cette note qui est si difficile à tenir mais une sorte de devoir les réclame. Et puis aussi, ils n'oublient pas à quel point l'équilibre qu'ils ont fini par atteindre est instable, ou en tout cas précaire. Ils ne voudraient pas prendre le risque de le rompre par une phrase maladroite, une insistance déplacée, une tentative malvenue de pousser un avantage. Ils devinent qu'ils doivent s'en tenir là pour le moment, que ce qu'ils ont accompli est déjà considérable. Ils tiennent à conserver cette douceur qui s'est réinstallée entre eux, cette familiarité qui a commencé à revenir. Ils sont heureux du rapprochement qui s'est opéré, qu'ils ne croyaient sûrement pas possible, ni l'un ni l'autre, pour des raisons différentes. Dans le même temps, ils ne veulent pas se leurrer, ni s'emballer trop vite. Il leur faudra du temps pour se réapprivoiser, pour se reconquérir peut-être, ou pour décider que leur histoire commune est bien révolue. Ils ne savent même pas s'ils s'accorderont ou non ce temps. Il est beaucoup trop tôt pour s'engager sur quoi que ce soit. L'important, c'est l'instant, sa fragilité et son intensité.

Ils se lèvent ensemble, sans s'être pourtant concertés. Ce synchronisme les fait sourire. Stephen se dirige vers le comptoir afin de régler à Ben ce qu'il lui doit. Ben indique un chiffre qui se transforme en une poignée de dollars déposés sur le chrome rutilant. Pendant ce temps, Louise ajuste sa robe, place ses mains sur sa nuque et rejette ses cheveux vers l'arrière. Elle fait un drôle de mouvement avec son cou, comme si elle souffrait d'un torticolis. Sans doute les scories de son alanguissement contre la banquette tout à l'heure. Elle fouille dans son sac à la recherche de son tube de rouge et renonce finalement : ça ira comme ça. Elle est d'abord cette femme-là, sans maquillage. Il est une heure tardive à laquelle il ne sert plus à grand-chose de sauver les apparences. Et il est des hommes qui sont autorisés à vous voir comme vous êtes.

Stephen extrait d'une de ses poches les clés de sa voiture. Il tend son bras gauche pour indiquer à Louise que le passage est ouvert devant elle. Ben les observe : il leur trouve l'assurance des couples les plus établis en même temps que la nervosité des débutants. C'est quelque chose de presque imperceptible, comme un tremblement, un frisson à la surface de la peau, une timidité autour des yeux, une très légère hésitation à l'instant d'emboîter le pas de l'autre. Ben les observe et il a le cœur serré.

« Benjamin, ça m'a fait vraiment plaisir de vous revoir et de retrouver cet endroit. »

Dans ces mots simples s'exprime une indépassable sincérité et pas seulement une politesse convenue. Se loge aussi une véritable émotion, de celles qui font se briser les voix, qu'on retient en détournant le regard, en forçant son sourire. Stephen est presque submergé par cette émotion et ça le désarçonne un peu. Le bouleversement est plus grand que ce qu'il aurait pu imaginer.

En réponse, Ben lui adresse juste un hochement de tête complice. Il a recours à un de ces codes virils qui permettent de conserver son quant-à-soi mais qui trahissent mieux que des mots une connivence, une fraternité quelquefois. Il aurait voulu parler, témoigner lui aussi de son contentement à avoir revu un homme perdu de vue depuis cinq ans. Il espère que Stephen reviendra encore, qu'il est de retour pour de bon, mais ça, il lui est interdit de l'avouer. C'est entre autres pour cette raison qu'il s'est contenté d'un signe de la tête. Tenter une réplique les aurait sans doute conduits plus loin que là où ils sont capables d'aller pour le moment.

« À demain, Ben.
— À demain, Louise. »

Ils ont l'habitude de se quitter ainsi, de se saluer aussi sobrement. Cette sobriété des au revoir, c'est encore un signe de leur intimité. Ils n'ont pas besoin d'en rajouter. Ils s'en tiennent au strict minimum mais, dans cette économie, il faut voir toute la confiance qui les unit, toute la connaissance que chacun a de l'autre. Leur intimité ne se niche pas dans la démonstration, dans l'ostentation mais bien dans cette frugalité du silence, dans cette disparition de tout effort. Et puis leurs salutations les renvoient toujours à leur prochain rendez-vous. Il y a ce fil invisible tendu entre eux, qui les relie, que rien ne pourrait casser.

Elle s'est juste retournée un instant pour lui adresser son au revoir, un instant très court et cependant très lent comme le mouvement qu'elle a imprimé à son corps. Il entrait de la lassitude dans ce mouvement, de l'élégance aussi, bien sûr, et tout le poids d'un usage auquel elle ne songerait pas à déroger. Stephen n'a pas manqué de remarquer l'irrésistible féminité de son balancement. Quelque chose comme un pas de danse.

Au moment où ils franchissent la porte, l'atroce tintement se fait entendre mais ils n'y prêtent guère attention. Le silence les aurait surpris. Il lui tient la porte, elle passe devant lui. Quand elle se retrouve sur le trottoir, elle a instinctivement le réflexe de rentrer ses épaules, comme pour se protéger du vent. Puis, elle lève la tête pour examiner le ciel. Elle sent que la pluie ne viendra pas, que les nuages ne crèveront plus maintenant, qu'il restera seulement le vent et puis le désordre de l'océan. Lui, il relève son col, il plisse les yeux pour repérer l'endroit ou il a garé sa voiture.

« Je vais par ici.

— Et moi par là. »

Ils vont se séparer devant la porte de chez Phillies. Chacun va partir dans sa direction. Mais ça ne ressemble pas à un adieu, pas à un abandon. C'est juste une dislocation qu'ils supposent momentanée, juste une dispersion avant de prochaines retrouvailles.

« Tu veux que je te raccompagne jusqu'à ta voiture ?

— Non, tu es gentil. Je suis stationnée au coin de la rue. »

Cette affabilité, ces bonnes manières ne sont pas un cérémonial. La courtoisie de Stephen, son savoir-vivre en cette occasion sont une façon pour lui d'être attentionné, attentif à elle, de lui rappeler qu'elle compte, combien elle compte. Sa gentillesse est une manière d'aveu. Et sa dénégation à elle, son refus poli ne marquent pas une distance, ni un bannissement. Au contraire, ils sont pleins de timidité, de gaucherie et de reconnaissance.

« Nous nous reverrons ?
— Oui. »

L'un comme l'autre aurait pu poser cette question. L'un comme l'autre aurait apporté la même réponse, à n'en pas douter. À cet instant, ils sont saisis par une sorte de grâce qui les met à égalité parfaite. En revanche, ils ne savent pas s'ils peuvent, s'ils doivent s'embrasser. Entre eux, ce désir d'étreinte est évident, on ne voit que lui mais comment s'embrasser après s'être appartenus ? Ils décident de s'en tenir là, de ne pas se toucher.

Chacun se dirige vers sa voiture. Puis, on aperçoit les lumières jaunes des phares qui s'allument, on entend le bruit des moteurs qui démarrent presque simultanément, et, juste après, le crissement des pneus. Assez vite, les lumières s'éloignent, les bruits s'atténuent, disparaissent tout à fait, là-bas, dans le virage. Ne demeure que la palissade qui longe la corniche, et qu'éclaire par intermittence le néon fatigué et capricieux de chez Phillies. À l'intérieur du café, Ben se sent bien seul, comme abandonné, mais il n'est pas triste. Il songe qu'il ne viendra pas d'autre client et qu'il est temps sans doute de fermer. Il songe aussi que l'orage n'éclatera plus. Pour demain, le présentateur de la météo a annoncé de fortes chaleurs, à nouveau. Mais à Cape Cod, le temps parfois est imprévisible.